ET Scrittori

Dello stesso autore nel catalogo Einaudi

Le straordinarie avventure di Caterina
Menzogna e sortilegio
L'isola di Arturo
Il mondo salvato dai ragazzini e altri poemi
La Storia
Aracoeli
Diario 1938
Racconti dimenticati
Alibi
L'amata
La serata a Colono
Aneddoti infantili

Elsa Morante

Lo scialle andaluso

Einaudi

Prima edizione «Supercoralli»

www.einaudi.it

ISBN 978-88-06-22761-6

DEDICA

a Lucia

Tu sei l'uccella di mare, che ha fabbricato il suo nido
sulla scogliera torva, fra le sabbie nere.
Né fili d'erba su quei tumuli atroci
né voci d'altre famiglie. Solo echi di strage
rompono lí, dal largo, su trombe e campane d'acqua.
Ma lei, piena di grazia,
sotto l'ala gelosa
che veglia i cari ovetti
il nudo tremito ascolta d'altre alucce sue figlie
e i quieti affetti suoi nient'altro sanno.

Di lí
domani
grande, bianca e spiegata
guiderà una puerile corte alata
verso terrestri elisi.

Lo scialle andaluso

Il ladro dei lumi

Sebbene io non abbia ancora vissuto un numero d'anni sufficiente per poterlo credere, sono quasi certa di essere stata io, quella ragazzina. Vedo con chiarezza la via, angusta, sudicia, su cui le screpolature del vecchio intonaco disegnavano figure e macchie. La casa di cinque piani (la mia famiglia occupava l'ultimo) era la piú alta della via. Nel fondo era il Tempio.

Io non avevo piú di sei anni. Dalle finestre vedevo passare gli uomini pallidi, le donne brune dall'espressione quasi sempre volgare o torva, i ragazzi seminudi, grigi di polvere. Vedevo anche, di fronte, una casa giallastra, con stuoini alle finestre, e, sul lato, un ampio cortile senz'erba.

Spesso una fila d'uomini, per lo piú militari, aspettava in questo cortile. A turno entravano per pochi minuti e poi si allontanavano, scambiandosi frizzi e chiacchiere. Alle finestre del primo piano si affacciavano sempre donne misteriose, ridenti, con le facce paonazze, gli occhi bistrati, e la voce forte e decisa. Udivo, specie la notte, i bassi richiami di queste loro voci; quando mio padre tornava dal caffè, sebbene egli non fosse che un vecchio gobbo, esse lo invitavano: – Vuoi salire, bel moretto? Vuoi?

Mia madre, ancora giovane, esile, aveva un volto grazioso, sciupato dal rancore. Ad ogni occasione, si batteva rabbiosamente la fronte con i pugni e, per le mie mancanze, aveva l'abitudine di maledirmi, in un ebraico solenne, volgendo verso il Tempio quella faccia disfatta. E io sbigottivo, sapendo che le maledizioni dei padri e delle madri, ripercosse dagli echi, arrivano sempre a Dio.

Appena faceva notte, mentre mio padre si avviava al suo caffè, essa andava a passeggio sulle mura, insieme alla mia sorella maggiore, la bella, la sprezzante. Io restavo in casa, per non lasciar sola la vecchia.

Questa nonna era sorda, e pareva di legno. Un seguito d'anni innumerevole l'aveva succhiata lentamente, fino a ridurla un piccolo scheletro di legno, che forse non poteva neppure piú morire. La sua testa era quasi calva e le palpebre oscure sempre abbassate. Teneva ferme lungo i fianchi le mani, dalle unghie di un turchino livido. Con mio stupore, avevo scoperto che si fasciava il petto e i fianchi, come si fa ai bambini, e, su tutte queste fasce, poneva degli ampi stracci grigi. Dicevano che fosse ricca.

Appena gli altri erano usciti, con una frase monca, che sdrucciolava a fatica fra le sue gengive, mi ordinava di spegnere il lume; era inutile, per noi due sole, sciupare il petrolio. Poi diventava muta e immobile. Io ubbidivo, sebbene tremassi. Infatti, avevo appena girato la chiavetta della lampada, che il fantasma del buio e della paura si rizzava alle mie spalle, mostrando al posto degli occhi due fosse nere. Ed io, per avere un po' di chiaro, mi raggomitolavo presso la finestra.

Il fatto avvenne piú di cinquant'anni fa.

Dalla finestra potevo scorgere il Tempio, la sua cupola tozza, i gradini, le lunghe finestre dai vetri colorati, e, attraverso i vetri, l'opaco rosseggiare delle lucerne dei morti. Le lucerne di ferro battuto pendevano nell'interno del Tempio, e chi voleva dedicarne una a un morto doveva pagare il guardiano Jusvin perché l'alimentasse con olio e badasse a non farla spegnere né di giorno né di notte. I morti, nella loro tenebra, erano molto piú tranquilli se possedevano una lucerna.

Solo dalle mie finestre si poteva scorgere l'interno del Tempio, con le sue luci rosse. Vedevo il guardiano Jusvin salire ogni sera i gradini per chiudere il Tempio e versare l'olio. Era un uomo bruno, d'aspetto bello e solenne, con occhi neri, e capelli e barba ricciuti. Nella penombra, cosí oscuro, pareva un profeta o un angelo, mentre saliva al Tempio, col suo passo obliquo, portando le pesanti chiavi. Ma una sera era appena entrato, che vidi ad una ad una spegnersi le lucerne; ed egli uscí, guardingo, col suo spegnitoio, lasciando dietro di sé un buio enorme.

– Nonna! – gridai. – Jusvin ha spento tutti i lumi dei morti!

– No, – biascicò la sorda. – Non si sciupa il petrolio. Non si accende la lampada.

– Non capisci? – gridai tremando per tutto il corpo. – Jusvin ha spento i lumi! i lumi!

– Tornerà presto, la Marianna, sí; sí, – rispose la vecchia.

Allora rinunciai a spiegarle quel segreto. Vedevo intorno a me le figure del buio e tremavo che aprissero le loro bocche, e mi parlassero. Tremavo per quello che avrebbero potuto dirmi, e per quello che avrebbe detto il Signore.

Tutte le sere, da quel giorno, vidi Jusvin chiudere dietro di sé il portale del Tempio, e spegnere i lumi. Il suo scopo era di risparmiare l'olio, guadagnando sul tributo che riscuoteva per le lucerne. Cosí spiegò mia madre; e mi disse anche di tacere, perché l'uomo aveva sei figli piccoli, e una denuncia gli avrebbe fatto perdere il posto. Dunque, silenzio. Iddio lo vedeva e avrebbe pensato a punire colui che rubava la luce dei morti. Iddio farà giustizia.

– Ladro! Ladro! – gridavano i miei nervi e le mie ossa, quando vedevo quell'ombra salire, piano, lungo la scala. Aspettavo nell'ansia che le sue mani cadessero, come due stracci. Avrei voluto correre al Tempio, gridare forte: – Io ti vedo! Ti vedo quando rubi la luce dei morti! Non hai paura... di Dio? – Ma rimanevo ferma, paralizzata nel vano della finestra. Pensavo ai morti, sotto la terra, senza nessun lume. E per non vedere, mi coprivo la faccia, finché di nuovo ero attratta da quell'ombra lunga che ora discendeva, col suo spegnitoio; e spariva nei vicoli.

Una sera lui non venne, e le rosse fiamme tremolarono tranquille dietro i vetri. Quando riapparve, dopo un intervallo, non poteva piú parlare. Cavava a stento dalla gola suoni rauchi e balbettii, e sbarrava gli occhi, con gesti da burattino, come fanno i muti; finché un giorno urla e rantoli bestiali risuonarono nei vicoli. Era Jusvin che moriva. – Ecco la giustizia del Signore, – dissero. Il dito del Signore l'aveva toccato sulla lingua, ed ora quella lingua maledetta di Jusvin si disfaceva in una piaga. Era un male che la gente osava appena nominare con paura (io lo legavo, per il suo nome fantastico, alla feroce fauna marina e ai tropici africani). E quelle urla corsero per tutte le strade, ripetendo che il corpo del peccatore si torceva e sudava. E non ebbero un istante di riposo, fino al silenzio.

Non avrà mai pace, – dissero, scuotendo il capo. – Né lui né i suoi figli.

Andando a scuola, incontravo spesso i suoi figli, specialmente Angiolo ed Ester. Essi erano assai belli, benché fossero tanto sporchi e nudi. I due grandi occhi di Angiolo erano simili a due fuochi, e, quando rideva, faceva le fossette. Ester aveva splendidi riccioli, le gambe snelle, e la sua faccia rotonda era come un frutto. Io li osservavo, spaurita. Pensavo che il dito di Dio li toccasse sulla lingua, come aveva fatto al padre, ed ecco, la strana bestia africana gliela rodeva. Ed essi non avrebbero potuto piú parlare, piú tardi, se non con tristi suoni. Uno dietro l'altro, muti, con una piaga dentro la bocca, i figli di Jusvin, e i figli dei figli, dovevano passare davanti al Signore.

Questa scena mi tormentava nelle mie solitudini infantili e riappariva nei miei sonni; ma qualche cosa di piú chiaro io vidi in quella sera d'estate, presso il Tempio.

Mi era avvenuta una grave disgrazia. Mio padre mi aveva ordinato di uscire e mi aveva dato una moneta, incaricandomi di giuocare tre numeri al lotto. Nel tornare dal banco, assorta in fantasticherie, avevo perduto il biglietto acquistato, coi numeri. Febbrilmente avevo errato per quelle strade, singhiozzando piano, frugando nella polvere. Nulla. E poi rimasi ferma, rannicchiata presso l'alto muro, all'ombra notturna del Tempio. Pensavo di non tornare piú a casa, di uscire dal Ghetto, di uscire dalla città e di morire. Nel pensiero chiamavo mio padre, in quell'ora, col soprannome che gli dava la gente: *il gobbetto*. Tante volte mi avevano chiesto: – Sei la figlia del gobbetto, tu? – Ed ora nella mia mente, con paura, passavano idee nuove, lampi sacrileghi: «Il gobbetto mi picchierà. Perché deve picchiarmi? Io sono piccola, ma bella, ho due trecce lunghe e so leggere. Lui è un gobbetto. Non voglio esser picchiata da lui. Ma io ho perduto il biglietto del lotto, che forse avrebbe vinto. Ho fatto male, era suo, e lui mi picchierà. E mia madre mi maledirà. Questo è il castigo. Io giravo guardando le case, le finestre e le facce, senza pensare al biglietto, e ho peccato. Anche Jusvin aveva peccato, e il Signore l'ha punito».

Ecco Jusvin, in cospetto del Signore. Il Signore non ha corpo né faccia; è come una nube di tempesta, come l'ombra di una montagna: – Pietà, Signore, l'ho fatto per i miei figli. Acqua alla mia lingua, sonno ai miei occhi. Pietà del mio camminare che invidia i placidi morti –. Parole sono queste che ha sepolte nella gola, ma non prenderanno mai forma sulle sue labbra. La bocca si torce, gorgoglia, l'uomo gestisce e suda. E lui, il senza-forma, non parla. Il suo tacere significa: Tu, ladro.

Intanto sono giunti molti altri, silenziosi, usciti dalle mura del Tempio. I loro corpi sono masse oscure, i loro volti sono maschere dalle occhiaie vuote; eppure mi sembra di riconoscerne qualcuno. Ecco la vecchia Mitilda, quella che cuoceva i semi di zucca e che poi, mi dissero, è andata in cielo. Invece è qui, con le scarpe rotte e il fazzoletto intorno alla sua faccia senz'occhi. Ed ecco Lazzarino e il figlio Mandolino, lunghi lunghi, dalle lunghe braccia, col cappello a cilindro sui visi scheletriti. Sí, sono loro e altri non ne conosco, ma tutti si rassomigliano, e trascinano fra le mura buie i loro piedi pesanti. Alcuni hanno vesti bizzarre, fatte di stracci, dai colori diversi e sbiaditi, o fasce di cencio intorno al busto; con cappelli di tutte le fogge, come quelli che si vedono nei teatri. Certe donne portano vesti ampie che strisciano per terra senza rumore, e bistri e rossetti sulla pelle. E altri invece sono seminudi e pallidi.

Sono i morti, e brancolano incerti, e tendono le labbra come per bere, chiedendo il loro lume. Nessuno di loro ha le ali; sembrano talpe uscite dalla terra. Di sotto la terra, certo credevano di vedere ancora il giorno in quel lume, ed ora a tentoni lo cercano. Solo i vivi possono accenderlo e spegnerlo; cosí vuole Dio, nel mezzo, il silenzioso, che castiga i vivi e rinchiude nella terra i morti.

Tale era il mio Dio; e quella ragazzina fui io, o forse mia madre, o forse la madre di mia madre; io sono morta e rinata, e ad ogni nascita si inizia un nuovo processo incerto. E quella ragazzina è sempre là, che interroga spaurita nel suo mondo incomprensibile, sotto l'ombra del giudice, fra i muti.

L'uomo dagli occhiali

Il tre dicembre (era un giovedí) l'uomo uscí dal suo studio squallido posto alla periferia della città. I suoi capelli erano arruffati, la barba lunga e irta per il freddo, e le occhiaie mettevano sulle sue guance un'ombra nera. Ebbe la sensazione, vaga e quasi estranea, di barcollare, e lo scricchiolio della scala di legno suonò come un rimbombo vicinissimo ai suoi orecchi.

All'ingresso degli studi, la portinaia che scostava la neve con una pala si arrestò e lo fissò:

– Che ore sono? – le chiese. – Sono le nove, – ella rispose, e lo seguí curiosamente con i suoi occhi rossi. – Siete stato fuori in questi giorni? – domandò alla fine. – Quali giorni? – egli disse facendo una enorme fatica nel pronunciare le parole, – non mi sono mai mosso dalla città. – Dicevo cosí perché non vi ho piú visto, – spiegò la portinaia.

L'uomo avrebbe voluto ricordarle che proprio la sera precedente era passato a ritirare la posta nel suo sgabuzzino, ma pensò che era inutile affaticarsi con una simile strega. E proseguí giú per la via gelata, seguito dallo stupido sguardo.

Erano le nove; sarebbe andato alla latteria a far colazione e poi avrebbe cercato di trascorrere in qualche modo le ore fino al momento di andare *da lei*. Il giorno prima, essendo festa, non aveva potuto vederla. «Orribile domenica», pensò. Ricordava di aver errato tutto il giorno per le vie della città, sotto le case alte e buie e nella neve sudicia, cercando di scorgere in qualche posto quei tondi polpacci nudi, quei graziosi occhi d'uccello. Forse per questo si era svegliato con le ossa rotte. Naturalmente ieri tutto il suo errare da pazzo era stato inutile; ma oggi, come al solito, l'avrebbe vista. A questa certezza, una nebbia gli coprí le pupille, e il sangue gli corse al cuore, arrestandogli il respiro.

Andava sulla neve molle senza guardare, affondando spesso nelle nere peste dei cavalli. Lunghissimi alberi senz'ombra sovrastavano le case dal tetto bianco. Dinanzi alla latteria, tre uomini avevano acceso un fuoco; sedette al solito posto, volgendo la schiena allo specchio appannato, e si tolse gli occhiali. Premurosa, la lattaia accorse a lui; ma egli aveva la sensazione di vedere le facce intorno stranamente contorte e rattrappite, piene d'occhi, e senza labbra. Ancora, sentiva di barcollare.

– Il signore è stato malato in questi giorni? – chiese la voce della lattaia. – Ma no! – egli rispose seccamente, – ricorderete che ieri sera ero qui e stavo benissimo. – Come! – esclamò l'altra, stupita, – voi non venite qui da domenica. – Ieri, appunto domenica, – egli mormorò sfinito. – Ma oggi è giovedí, – seguitò la donna.

Egli scosse la testa e tacque, con disprezzo. Nessuno meglio di lui poteva ricordare che il giorno prima era domenica; nessuno conosceva come lui la smaniosa febbre delle domeniche, i continui giri, le inutili attese. Ora la nebbia incomprensibile s'infittiva intorno a lui ed egli provava l'oscuro timore di svenire in quel luogo. «La mia fronte batterà sul marmo del tavolino», pensò. Ma sentí che i suoi denti penetravano nel pane fresco, e la sua lingua arida s'inumidiva. Le mani gli tremavano nello spezzare il pane, e inghiottiva con fatica; ma ora, dietro il vetro opaco, scorgeva piú chiari gli alberi simili a grandi uccelli immoti. Gli parve di udire il fischio del vento, ed uscí sulla via; dalla bottega lo fissavano sguardi pietosi. «È giovedí, – pensò, – e ieri era domenica. Non è possibile». E rise con sarcasmo di questa assurdità. – Vediamo ragazzo, che giorno è oggi? – chiese al guardiano della stalla, con l'aria di un ubbriaco. – Giovedí, – rispose quello, guardandolo torvo, con sospetto. – Dio mio! – egli mormorò, e in uno sforzo cercò di ricordare, e rivide senza alcun dubbio la sera precedente, festiva, le botteghe chiuse, la folla, la sua ansia, e come si era chiuso nello studio, a notte, dopo aver ritirato la posta dalla portinaia.

Attraversò il ponte di ferro, dalla ringhiera ad arabeschi, in bilico sul fiume gelato. Il cielo era verdastro, pesante. Apparvero le cupole della città, i campanili puntuti. «Dove sono fuggiti questi tre giorni?» pensò oscuramente. E rise forte, ascoltando la propria voce ripercuotersi a lungo sul ponte vuoto. – Eppure non bevo mai, – disse a voce alta, come per giustificarsi. E d'improvviso si accorse di essere già vicino alla scuola. Il cortile era spazzato accuratamente, ma il tetto era coperto di neve. «Ancora due ore prima che escano», pensò smarrito, e camminò avanti e indietro per il cortile, con le braccia lungo i fianchi, come una marionetta. Infine uscí dal cortile e si avviò, inerte, lungo il prato, udendo il tormentoso sgretolio della neve sotto i suoi piedi; si fermò sotto un albero basso dai rami sottili e secchi e sorrise, pensando che ormai doveva solo attendere e che lí l'avrebbe vista. Ma gli parve di vedere il proprio sorriso deformato, nuovo, davanti a sé, in uno specchio, ed ebbe un sobbalzo.

Per quella strada non passò nessuno; in qualche momento udiva il rumore attutito di un carro, i piedi dei cavalli che battevano sulla neve. Ma tutto ciò era lontanissimo. Il freddo e l'immobilità lo resero inerte e la sua inerzia lo spaventava; ma l'idea di muovere un membro del suo corpo, fosse pure sollevare una mano, o battere un ciglio, lo riempiva ancor piú di spavento. Sentiva come di reggersi a fatica in equilibrio dinanzi ad un enorme vuoto, e che sarebbe bastato un minimo gesto a farlo scivolare sull'orlo. «Ora perderò la ragione, diventerò cieco, e cadrò, non posso impedirlo», pensò con lucidità improvvisa.

Ma si accorse che la campana dell'uscita rintoccava in quell'attimo. Subito dopo udí i gridi delle alunne e vide correr fuori le prime, coi loro impermeabili e berretti e le cartelle penzolanti dalle cinghie. Parlavano a voce alta, si tenevano strette e ridevano; gli sembrò di vedere balenare fra loro *quel* sorriso, e fu preso da un tremito convulso; ma si era sbagliato. Ora sentiva un caldo avvampante in tutto il corpo, fuorché nelle mani, che erano sudate e gelide.

Finalmente, vide uscire il *suo* gruppo. Riconobbe subito le tre fanciulle che ogni giorno uscivano con lei, ma oggi essa non c'era. Camminavano tranquille, senza parlarsi, ed egli riconobbe da lontano il mantello bruno della piú alta e il suo orgoglioso modo di avanzare, sporgendo innanzi il mento. Sentiva che non avrebbe sopportato l'attesa e il dubbio un minuto di piú, ma non si muoveva di un passo. Vide allora con chiarezza che una delle tre si distaccava dal gruppo e camminava nella sua direzione.

Via via che si avvicinava, poteva distinguer meglio questa fanciulletta robusta, il suo viso tondo dagli occhi oscuri e vivaci, le mani grassocce che reggevano lo zaino. Indossava un corto mantello da cui usciva un lembo del grembiule. Non aveva, come l'altra, le gambe nude, ma coperte da calze di lana. Si fermò davanti a lui e lo fissò, dubbiosa, movendo appena le labbra. Egli sentí una volontà disperata di formare la domanda, ma dal petto non gli uscirono suoni.

– È morta ieri, – disse la ragazza, senza aspettare la domanda, – è morta di un colpo, ma era già malata.

– Come? – egli disse, e si spaventò udendo la propria voce distinta e chiara.

– Il professore ha parlato di lei e tutte ci siamo alzate in piedi, – continuò l'altra. – Ho detto anch'io: presente, quando hanno chiamato il suo nome.

Parlando osservava l'uomo, con curiosità attenta. Egli era fermo contro l'albero e gli occhiali appannati nascondevano il suo sguardo; aveva strani gonfiori sulle tempie e sulla fronte, e la barba rendeva grigiastra la sua faccia viscida e malata. Le sue labbra cascanti, senza colore, balbettarono debolmente, e il corpo su cui quei vestiti sordidi erano come incollati si agitò convulso, mentre le sue mani parevano afferrarsi al vuoto. Senza parlare, egli si voltò, e la bambina lo vide scendere per il sentiero; con le braccia abbandonate e le spalle curve, in una pesante goffaggine, parve cadere avanti nella nebbia.

La bambina si volse indietro, verso la scuola; le compagne, certo stanche d'aspettarla, erano andate via, e le finestre erano chiuse; anche la cancellata era chiusa, ed ella si meravigliò che la scuola, già cosí animata, si fosse in pochi minuti fatta deserta. Le parve di avere innanzi a sé un lungo tratto di tempo che non sapeva come occupare. Una nebbia inattesa, pesante aveva ricoperto la parte bassa della città, ma le cupole e le cime delle torri erano ancora libere, e parevano sospese nell'alto. Dalla spianata ella vedeva le vie, il ponte e il fiume, ma tutto indistinto, sommerso. Camminò fra gli alberi, e già la scuola non si vedeva piú; ella percorreva un sentiero di neve non calpestata e si affrettò pensando: «Vado da lei».

Il luogo in cui giunse non le era noto; era vasto, allagato dalla nebbia, e vi sorgevano alti edifici di cui non si distinguevano le forme né i colori. Un popolo oscuro vi si aggirava con una velocità febbrile, senza urtarsi né fermarsi, e di questa folla senza numero ella non riusciva a distinguere le facce né la foggia dei vestiti; tutti si incrociavano e si superavano intorno a lei, e il suono dei loro passi era continuo, simile ad una pioggia, e come attutito da un'immensa distanza.

Anche lei prese a correre. – Maria! – chiamò forte; e un'eco replicò la sua voce, poi un'altra eco, da punti lontani. – Maria! – ripeté, fermandosi confusa. Una voce soffocata, fuggevole, come quando si giuoca a nascondersi, rispondeva finalmente: – Clara, – ed ella si aggirò senza direzione fra quella folla frettolosa, che la sfiorava senza toccarla. Gridava correndo il nome della compagna, finché la vide ferma in mezzo alla gente, in piedi. Sempre piú chiara la distingueva; ella non portava addosso che il suo grembiule di scuola, e aveva gli occhi fissi e sgranati.

– Non hai freddo? – le chiese, e non ebbe risposta. – Il vento ti ha spettinato, – le disse.

Allora l'altra, con un gesto distratto, si passò due dita fra i riccioli.

– Sai? L'ho visto e gli ho parlato, – continuò Clara sottovoce. L'amica si scostò da lei con uno sguardo smarrito, scuotendo la testa. – Non volevo farti paura, — si scusò Clara in fretta, e fu presa da un'ansia penosa. Sul viso della sua compagna si erano formate delle rughe, le sue pupille si facevano opache, e appariva molto piú magra. «È certo per la malattia», pensò Clara.

È stato lui a uccidermi, – disse l'altra subito, con voce cosí acuta che ella trasalí. Ma non era piú possibile farsi intendere senza gridare; ora tutta quella gente in fuga faceva nascere intorno un vento fragoroso ed era necessario tenere le braccia strette al corpo per fermare le vesti. – Perché vuoi parlare in mezzo a tanta gente? – ella chiese, – perché non ci ritiriamo in un angolo? – Ma non riuscí a far sentire la sua domanda, né il suo accento di rimprovero.

Maria chinò la testa, seria e assorta, come chi ricorda con molta fatica. Quando ricominciò a parlare, abbassò il tono della voce, tanto che le sue parole si perdevano nel sibilo dell'aria e si capivano appena dal movimento delle labbra. Pareva non accorgersi della nebbia e della fuga circostante e parlava ora in fretta ora adagio, come un uccello perduto che sbatta le ali.

– Mi aspettava ogni giorno vicino all'albero, – mormorò, sogguardando intorno.

– Ogni giorno, vicino all'albero, – ripeté l'amica, docilmente.

– E quando mi ammalai, – proseguí l'altra, in segreto, – d'improvviso entrò nella mia camera. L'aria non era chiara, e io credevo di trovarmi con voi sulla strada. Voi ridevate dei suoi occhiali, e io vi gridai di scacciarlo; ma poi mi ricordai che ero rimasta a letto per la febbre e che quella era la mia camera. Esso ingrandiva come una macchia nera, avanzandosi dal fondo del muro, e diceva: – Eccomi, sono venuto –. I denti gli battevano, mentre cercava di sorridere. Io gridai: – Non ti conosco! Vattene!

Allora si tolse gli occhiali per farsi riconoscere, e scoperse i suoi due occhi fermi. – Perché fissi come un cieco? – domandai. – Perché dormo, – mi rispose, – sono stanco. Ieri era vacanza, tu facevi festa, e io ho girato fino a sera per trovarti, fiutando nella neve come un cane per cercare le orme dei tuoi piedi. Sono stanco, le braccia mi pesano, le ginocchia mi si piegano. – Vattene, – gli dissi, – questa camera è mia. Ho paura.

– Voglio farti paura, – rispose balbettando, – ma ancora non oso toccarti –. E io capii che doveva uccidermi, da come agitava le mani. Mi vergognavo di parlarne a mia madre, che non lo vedeva, sebbene lui fosse sempre in piedi in un angolo. Per tutto il giorno e la notte rimase là, e io lo fissai senza poter dormire un minuto, perché il materasso bruciava e le coperte pesavano. Al mattino mi disse: – Domani, – e sempre piú adagio ripeteva domani. Sarei fuggita sulla strada ma non avevo piú forza nelle gambe. Nessuno mi liberava.

Tutti camminavano in punta di piedi, e poi cominciai a gridare, perché la camera si vuotò, e io non vidi piú niente, eccetto lui. Era malvestito, pallido, i suoi occhi mi fissavano, e barcollava, stringendo i pugni e sorridendomi. Sentivo la neve cadere intorno, e le pareti scendevano ripiegandosi su me e su lui. Fu allora che mia madre disse: – Anche con tante coperte ha freddo. Trema, la bimba. Bisogna metterle l'altra camicia, quella di lana.

Finita la seconda notte, il terzo giorno fu corto come un minuto, e io sentii che lui rideva con un rumore basso. La sua risata correva per la camera come un topo, ed io non riuscivo a scacciarlo, anche coprendomi gli orecchi. Udivo lontano le vostre voci che parlavano di me, e capivo che eravate intorno al mio letto. «Non è possibile, – pensai, – che gli permettano di accostarsi». Invece sentii sulla faccia il suo fiato. – No! – gridai, – non voglio! – Esso non parlava piú e le sue mani, quando mi ebbero ucciso, restarono flosce come cenci;

s'incamminò per una strada lontana, salí dei gradini di legno, fino a un uscio, e i suoi occhi si chiudevano per il sonno. Allora potei allontanarmi da lui.

– Hai gridato tanto, *prima*, – osservò sopra pensiero Clara.

– Nessuno capiva, – disse l'altra con una voce di pianto, stizzita; e volse all'amica la sua faccia come invecchiata, con gli occhi asciutti che parevano ingranditi da un bistro. – Non c'è piú, – mormorò in un sospiro. – È andato via.

In mezzo a quelle alte case senza forma, ella sembrava cosí piccola, che Clara ne ebbe pietà. – Oggi, – le annunciò allora in segreto, – tutte abbiamo risposto: «presente», all'appello, quando hanno letto il tuo nome.

Maria si scosse e le disse: – Vieni –. Le due amiche si presero per mano. Maria conduceva Clara e camminava timorosa, spingendo innanzi quella sua nuova, piccola faccia avvizzita. Il vento si affievoliva e la folla si diradava sui loro passi; quando giunsero presso un muro basso, su cui cresceva l'erba, la nebbia era diventata trasparente come un vetro.

– Non c'è piú nessuno, – bisbigliarono.

Maria si fermò guardinga, ancora affannando. Poi scosse la testa e si raccolse tutta presso il muro, con un ansioso, bizzarro sorriso.

– Guarda! – esclamò in un breve strido di trionfo. E adagio, con infinita trepidazione e rispetto, come chi scopre un mistero, si aprí sul davanti lo scollo del grembiule.

«Sotto non ha nulla», pensò l'altra.

E chine, guardarono insieme, trattenendo il fiato per la meraviglia. Si vedeva che il petto cominciava a nascere; sulla pelle infantile, bianca, ai due lati spuntavano due piccole cose ignude, simili a due nascenti gemme di fiore.

Risero insieme, piano piano.

La nonna

Rimasta vedova a quarant'anni, Elena si accorse di essere viva soltanto a mezzo e di trovarsi in un vuoto spietato e senza rimedio. Suo marito non era mai stato un compagno per lei; ella aveva vissuto o meglio vegetato accanto a questo mercante avaro come una pianta parassita a cui un minimo di terra e di linfa è sufficiente per non morire. Ma dopo scomparso l'uomo si sentí come chi sia giaciuto in letargo e, destato da una violenta scossa, si accorga dell'inverno che ha circondato il suo sonno e che ora non potrà dar cibo alla sua veglia. La casa lasciatale dal marito era incassata in una delle buie gole cosí numerose nella città; questa era stata costruita da un popolo di mercanti e di marinai, lungo il dorso di una collina tutta scaglioni e dislivelli, cosí che mentre alcune case si levavano in alto al sole, in vista del porto, altre giacevano confitte fra gradini e vicoli, dove frequenti scoppiavano le risse e si aspettava con le narici aperte ed avide l'odore del mare portato dal vento.

La casa era arredata con una mobilia volgare e senza faccia, comperata d'occasione o fabbricata da mercanti di dozzina, fra pareti nude ed alte. I topi e gli scarafaggi nidificavano nei buchi ed Elena si aggirava per quelle stanze come in fondo ad un pozzo. Con gli occhi cercava la luce, ma le pareva di essere rinchiusa fra mura lisce e senza uscita, di cui tentava la scalata con sforzi replicati e vani. Uno smarrimento angoscioso la prendeva, e infine decise di partire.

Il marito le aveva lasciato un patrimonio notevole, ma il sapersi libera e ricca non la scuoteva da quel bisogno di solitaria quiete che sempre l'aveva posseduta. Ella decise dunque di andarsene in una casa di campagna che non aveva mai visto, sebbene fosse fra le sue proprietà; sapeva che era ampia, tranquilla, e che un piano era affittato mentre l'altro era libero e pronto per lei. Cominciò a fantasticare intorno al nome del villaggio, alla casa, al fiume, alla chiesa, e la voglia di toccare con le sue mani le tante cose immaginate la serrò alla gola fino a farla piangere. Piangeva a lungo presso i vetri appannati, davanti alle viuzze sordide, senza che il suo corpo si scuotesse. Aveva una figura alta e priva di curve, di forme robuste quasi maschili eppure stranamente molli; quella mollezza le era data forse dal suo camminare lento e distratto, dalla fragilità dei suoi polsi e delle dita trasparenti e dalla voce cantilenante in cui squillavano a volte inattese sonorità. Nella sua faccia pallida ed oblunga, sebbene non vi fosse ombra di rughe, covava una stanchezza, come una voglia di riposo e di disfacimento, e le luci fisse dei suoi occhi sembravano piú vive sotto i capelli oscuri sempre in disordine. Aveva un sorriso dolce e morbido, sebbene i suoi denti fossero sciupati.

Incominciò i preparativi della partenza con un fervore calmo come una lenta febbre. Vuotava gli armadi e i cassetti soffermandosi ogni tanto a toccare le stoffe con occhi trasognati e vaganti. Un'ampia cassa nuziale nell'angolo della camera conteneva un corredo da neonati che ella stessa aveva cucito. Nel matrimonio era stata sterile, ma il desiderio dei figli bruciava in lei durante la verginità e la maturità; e nell'attesa inutile, sentendo le sue viscere disseccarsi in quella disperata brama, ella aveva cucito un sontuoso corredo, e ricamato i bavagli e i corpetti provando la stessa gioia puerile e mistica delle suore quando nei conventi cuciono le pianete. Molte delle sue giornate di sposa le aveva trascorse in questo lavoro, che a volte la inteneriva, a volte la scorava fino allo spasimo. Cercava di immaginare dei corpi vivi e teneri dentro quelle fasce, e a notte sussultava, sembrandole in sogno di sentire nel ventre i moti di un figlio. Ora estraeva ad uno ad uno dalla cassa i panni, soppesandoli ed accarezzandoli. Di nuovo fu assalita dall'antico male, e la parete oscura gravò su di lei come un incubo; ma pensò che doveva partire, e si scosse.

Quel corredo infantile fu riposto nel baule e partí col resto del bagaglio.

Si era d'autunno, e il villaggio che l'accolse giaceva fra campagne grigiastre, in cui gli alberi dalle foglie rosse mettevano macchie rade. Delle case color terra, coi tetti rossi o neri, certune erano basse a un sol piano, altre erano strette e lunghe, con finestre simili a feritoie. Dietro alcuni usci aperti si vedevano brillare i fuochi, e lungo le strade fangose passavano mandrie di buoi e cavalli montati da contadini in mantelli verdastri. Verso il confine del villaggio correva un fiume gonfio di pioggia, color della creta, che per uno scoscendere improvviso del terreno si tramutava in un torrente e precipitava in un ribollire furioso di gorghi; sul fiume passava uno stretto ponte di ferro, dagli esili piloni, limitato all'ingresso da un arco ad angolo acuto. Non lontano sorgeva la casa di Elena.

Era modesta, di forma allungata, col tetto spiovente. Nell'orto cinto da una siepe, fra gli erbaggi, cresceva un solo albero dal fusto sottile, un ailanto, che per la sua straordinaria velocità nel crescere è chiamato pure «albero del Paradiso». La sua cima giungeva ormai al secondo piano della casa.

Questa era circondata in basso da un rozzo portico e una scala esterna sulla destra conduceva al secondo piano. Le stanze erano ampie e semivuote, cosí che i passi sul pavimento di mattoni avevano risonanze metalliche. Le pareti imbiancate a calce erano interrotte da nicchie, da usci e da alcove, e dalle strette finestre in alto entravano luci livide e sghembe. Ritta in punta di piedi presso una finestra, Elena rimase fino a notte a rimirare l'abisso del torrente, le strade di fango sotto il passo dei cavalli e l'incupirsi del cielo.

Quando fu buio, pensò di avvertire del suo arrivo gli inquilini del primo piano. Scese dunque nell'orto, in cui l'aria si era fatta pungente, e bussò all'uscio:

– È aperto! – disse dal di dentro una voce profonda e canora, che riecheggiò nel portico.

Ella entrò e seguendo una viva luce che si proiettava nel corridoio fu guidata in una cucina. Il lume dalla fiamma bianca e oscillante era appeso proprio sull'uscio, e l'uomo che aveva parlato (le parve di riconoscerlo subito) era seduto ad un tavolino lí presso e con un coltello a forma di falce incideva in un tronco sbozzato dei tratti umani; ella già sapeva infatti che il suo inquilino era uno scultore di santi.

L'uomo doveva avere circa venticinque anni e sulla virile robustezza della persona aveva un volto femmineo, quasi incompiuto come quello dei fanciulli, con occhi larghi ed azzurri dai cigli ricurvi, labbra morbide e fresche, e capelli fulvi ricciuti e piuttosto arruffati. La pelurie bionda del viso, invece di renderlo piú rude, ne addolciva l'epidermide di un colore roseo abbronzato e il movimento leggero di quei grossi polsi attorno al legno aveva il senso misterioso e leggendario dei giuochi infantili. Era vestito di vecchi pantaloni di fustagno rosso e di una giacca di camoscio verdastra e consumata. Ai piedi portava ampie pantofole imbottite di pelo.

Dopo un minuto di esitazione, si alzò all'entrare di Elena e balbettando un saluto arrossí tutto a un tratto, senza cessare di girare con le dita intorno ai suoi legni.

– Sono, – ella disse allora con sicurezza e tutta rasserenata, – la padrona della casa. Sono arrivata oggi.

– Ah, sí, – egli disse, confuso, con la stessa voce fresca e sonora che le aveva parlato all'ingresso; e, poi, volgendosi da un lato, seguitò: – Mamma, c'è qui la signora.

Elena si accorse allora che in quella cucina affumicata ed obliqua si muoveva anche qualcun altro. Presso il fornello, in cui friggeva una pietanza dall'odore di lardo, era inginocchiata una figura di donna intenta a frugare fra i carboni. Si voltò appena al richiamo ed Elena sentí subito su di sé il guizzare di uno sguardo nero. Un istante dopo la donna si levò in piedi e si avanzò diffidente, accostandosi al figlio con l'espressione di un fanciullo che vede fra l'erba una biscia e si rifugia fra le vesti della madre.

Turbata, Elena distolse gli occhi e li volse al soffitto che era altissimo e in ombra cosí che appariva stranamente profondo e lontano. Poi, avida di simpatia e di amicizia, guardò di nuovo ai due silenziosi. La donna, di statura non molto alta, sembrava vecchissima a causa della faccia scarna, bruciata e fitta di rughe, ma questa apparenza decrepita contrastava coi suoi movimenti a scatti, rapidi e febbrili. Era vestita da contadina, con sottana nera e busto e un ampio scialle di lana a frangia, arabescato di ricami rossi. Un fazzoletto nero dalle cocche legate sotto il mento le circondava il viso, cosí che i capelli non si vedevano, e dalle orecchie le pendevano due orecchini di legno in forma di croce, lavoro certamente del figlio. I suoi piedi, molto piccoli, erano calzati con civetteria di stivalini lucidi, dalle punte arrotondate, che contrastavano col suo abito campagnolo.

– Se la signora, – disse il figlio ad un certo punto, – volesse sedersi, rimanere a cena con noi... – Elena arrossí come colta in fallo; la vecchia parve presa da panico:

– Ma no! – esclamò senza guardare Elena. – Non c'è niente in casa. Non c'è niente, – e si affannava a ripetere questo suo *niente*, agitando le mani.

Elena rimase ancora un minuto, interdetta, con una confusa voglia di piangere. Risuonò di fuori il sibilo di un uccello notturno, di cui le parve di udire anche lo sbattere delle ali.

– Buona sera, – bisbigliò finalmente in fretta, tendendo la mano. Il giovane la strinse nella sua, che era grande e calda, e gli occhi della vecchia brillarono. La notte era cosí fitta, che la terra non si distingueva piú dal cielo; solo in un tratto del cielo appariva un vago chiarore sparso, forse la luna, che traspariva da un ammasso di nubi.

A un certo punto della notte, Elena credette di sentire un lieve grattare all'uscio e poi un passo furtivo, animalesco, che si accostava. Ed ecco ebbe intorno alla sua pelle, sotto le coltri intiepidite, una presenza furtiva e morbida, e senza peso. Si avvolsero insieme, in un comune e caldo respiro, ed ella stendeva le braccia e apriva le labbra secche con quel senso di riposo estenuato che dà la febbre. Balzò a sedere, con un sussulto. Non c'era nessuno nella camera, ed ella era tutta in sudore.

Trascorse il resto della notte in un sonno inerte e tranquillo. Si svegliò che era appena l'alba, e scese nell'orto.Una parte del cielo era serena, il sole non si era ancora levato, e una luce umida e glaciale pioveva sulle cose; già si udivano gli zoccoli dei cavalli e voci rade e sonore, e i suoi vicini erano già svegli; dall'uscio socchiuso infatti giungeva un cantilenare sordo in un linguaggio incomprensibile e puerile. Era la vecchia che cantava una sua nenia. Poi l'uscio si spalancò e l'alta figura dello scultore apparve nel vano. Elena sussultò, non sentendosi preparata a quella presenza, e il giovane sembrò anche piú timido della sera avanti. I suoi occhi erano come inumiditi da quel chiarore mattutino e nei suoi tratti appariva ancora il pallore disfatto del sonno.

– Volete vedere i miei santi? – bisbigliò d'improvviso, come in segreto.

Elena lo precedette per il breve corridoio; dal suo fornello la vecchia interruppe il canto per guardare di sbieco, nel suo modo sospettoso e spaventato; ma non disse nulla. I due volsero a sinistra, ed Elena si trovò in uno stambugio basso, in cui presso una finestra munita di grata erano allineate alcune figure che le arrivavano appena al fianco. Erano intagliate con una rigidità ingenua e solenne, nel colore naturale del legno. Una Vergine, dal collo attorto in una triplice collana, tendeva le dita lunghe e staccate come per implorare, ma il suo volto rimaneva inespressivo e impassibile. Un Davide, seminudo e scheletrico, i capelli sciolti sulle spalle, guardava fisso innanzi coi suoi occhi privi di pupille, calpestando una testa informe, appena abbozzata. Un

Angelo si rizzava severo, coperto di una tonaca a pieghe simmetriche, con ali rinchiuse e di una ampiezza enorme rispetto al corpo. In silenzio ella guardò tutti questi idoli, incapace di fare commenti. La piccola finestra dava sulla parte del torrente, e nel sole che nasceva, attraverso la grata, appariva il travolgersi rimbalzante della luce sull'acqua. Il giovane si era curvato amorosamente sulle statue per togliere un velo di polvere al manto di Davide; quando furono interrotti dalla vecchia che con voce di implorazione e di comando chiamava dalla cucina:

– Giu-seppe! Giu-seppe!

Si scossero, e questa volta lo scultore precedette Elena fino alla cucina. Qui la madre, come non accorgendosi della presenza dell'altra, disse al figlio con tono di rimprovero:

– Ti dimentichi che è l'ora della Messa? – e poi si avviò ad un angolo, dove raccolse un paio di lunghi e lucidi stivali. Il giovane, senza parole, si sedette su di una sedia imbottita di paglia e la vecchia si inginocchiò dinanzi a lui. Curva fino a rattrappirsi, con gesti attenti ed umili, gli tolse le pantofole e gli calzò i neri stivali. Poi, mentre egli restava immobile in una specie di tranquillo sorriso, ella si soffermò ad acconciargli il fazzoletto di seta intorno al collo, e, tratto dalla tasca un pettine, gli pettinò a lungo i capelli biondi e scompigliati dal sonno.

Infine egli la scostò leggermente con una mano, e, rizzatosi, uscí senza parlare. Elena, incapace di fare un passo e di pronunciare una sillaba, rimaneva ritta presso la parete intonacata, nella cucina in cui ora il sole gettava sprazzi rossi. Intanto la vecchia si dirigeva verso il focolare e staccava da un chiodo una corona del Rosario. Tornò indietro con un passo cosí leggero che Elena non se ne accorse e sussultò sentendo sul viso il suo fiato. La vecchia si era accostata a lei fino a sfiorarla con le punte del fazzoletto ed ella udí battere i suoi denti. La sua faccia sotto la rete delle rughe appariva come travolta da una tempesta:

Me l'hai stregato, – balbettò sul viso ad Elena con una strana rapidità, – guai a te se me lo rubi –. Queste parole parvero un singulto. Elena avrebbe voluto replicare, ma già la vecchia si avviava dietro al figliuolo, col suo camminare agile. Ben presto Elena li vide, attraverso la finestra, scendere e riapparire lungo il viottolo tortuoso. Il figlio alto e robusto pareva camminasse lentamente, eppure la madre doveva affrettare il passo per stargli a paro. La testa di lei arrivava appena alla spalla del figlio, la veste nera le ondeggiava intorno alle gambe.

D'improvviso Elena si rialzò sul capo la sua sciarpa viola, pensando di andare in chiesa. Non conoscendo la strada, era costretta a seguire a distanza quei due, già lontani, e prese a correre. Il viottolo sassoso saliva e scendeva, ed ella correva con tanta prestezza come se la strada scivolasse via sotto i suoi piedi. I suoi occhi non perdevano di vista quei due davanti a lei, ma d'improvviso le parve fossero scomparsi, e il cuore le batté in tumulto. La via cadeva in quel punto in un brusco avvallamento, ed ella raddoppiò la corsa, premendosi sul petto i lembi della sciarpa. Udí allora un largo coro di organo e di voci e si accorse di essere giunta alla chiesa.

Si stupí subito della folla numerosa che vi si trovava nonostante l'ora cosí mattutina. La gente del paese doveva essere molto pia. Alcuni cavalli, con la zampa legata a tronchi d'albero, attendevano ad una certa distanza dalla soglia. Il luogo sacro era pieno di gente e tutti, stretti l'uno all'altro, nei loro abiti da contadini, cantavano con le bocche spalancate e gli occhi fissi al prete che officiava. La stanza era stretta, lunga e nuda e dalle finestre altissime senza vetrate si riversava una luce violenta. Questa luce si mescolava al fumo dell'incenso, cosí fitto che l'odore stringeva alla gola e i fedeli si trovavano immersi in una nebbia sfavillante.

Elena si fermò presso l'acquasantiera e tentò di cantare con gli altri. Ma era cosí stanca per la corsa e stordita dagli incensi che le sue labbra si muovevano senza suono. Appena entrata, vide poco lontano lo scultore e sua madre. Per evitare il contatto di quella folla, si tenevano stretti alla parete; l'uomo cantava senza scuotersi, con gli occhi fissi all'altare; la madre, incrociando le mani sotto lo scialle, seguiva con le pupille ingrandite da un'adorazione estatica ogni moto delle labbra di lui, quasi dovesse apprenderne in quel momento le parole dell'inno. Ambedue erano cosí assorti nel loro canto, da non accorgersi ad un certo punto che il coro era cessato, cosí che, per qualche secondo, solo le loro due voci unite risuonarono nella chiesa. Elena udí stupefatta la voce del giovane, che riecheggiando nel silenzio pareva uscisse dall'organo.

A un tratto si sentí spingere dalla folla che finita la messa si pigiava presso l'acquasantiera. Per un attimo vide ancora la vecchia, ed ebbe addosso il suo sguardo accorto e minaccioso; ma presto essa scomparve col figlio nella folla. La chiesa si vuotò e la gente si disperse per i viottoli; i cavalli si allontanavano ad un trotto leggero. Ora contro il sole già alto urgeva la massa nera di una nube e i raggi battevano in quell'ombra temporalesca rifrangendosi abbagliati e interrotti nel cavo della valle. Elena si affrettò, prevedendo la pioggia. Senza fatica, quasi senza pensarci, ritrovò la strada che aveva fatta nel venire. Era appena giunta al cancello, quando l'aria scintillante e fosca si travolse in una bassa ventata, e la polvere mista ad acqua mulinò in giro. E piovve, con una furia accecante.

Per qualche giorno ella non vide i suoi vicini. Udiva spesso la voce della vecchia parlare forte, o chiamare il figlio con tono di sorda cantilena; ma, come per un'intesa segreta, sia lei che gli altri due evitavano d'incontrarsi. Ella aveva la sensazione che madre e figlio si fossero tracciato intorno un cerchio magico che a lei non era permesso oltrepassare. E rimaneva fuori dalla linea, affascinata e spaurita. Ma, invece di godere della pace che aveva sperato dalla campagna, come una sonnambula si aggirava per le stanze, turbata da incerte passioni. Talvolta la coglievano leggeri assopimenti, da cui si riscuoteva con un balzo, indolenzita e stupefatta, come chi sia gettato violentemente in un luogo estraneo.

In uno di tali risvegli, sul tardo pomeriggio, si stupí di trovarsi dentro la luce riflessa del fiume, che batteva sulle pareti con larghe ondate oscillanti. Le parve di approdare, sorda ed ubriaca, ad una riva remota, e soltanto dopo qualche secondo si accorse che Giuseppe le era accosto; era in ginocchio davanti a lei, con occhi sorridenti e perduti in una adorazione fanciullesca.

Impaurita balzò in piedi:

– Sono io, – egli balbettò. Il viso di lei impallidiva, una fiamma le guizzò sulla pelle, e un flutto bruciante di sangue le si rovesciò nel petto. Con mani malsicure ed avide gli toccò i capelli, e cosí per un attimo oscillarono travolti dalla luce. Allora il giovane le cinse i fianchi con le braccia, e silenzioso appoggiò la bocca sul suo ventre sterile.

Il loro matrimonio fu fissato per il Natale; per quella data infatti cessava il lutto di lei. Durante i giorni che precedettero le nozze, per un tacito accordo essi evitavano di parlare della madre. Questa rimaneva chiusa nelle sue stanze, e fuggiva Elena; se le avveniva d'imbattersi in lei, voltava in fretta il viso contratto, di un colore terreo. Ma una mattina, in assenza di Giuseppe, Elena udí un lagno roco, inumano, provenire da una stanza chiusa. Benché una forte ripugnanza la soffocasse, entrò, e vide in un angolo della stanza la vecchia che, inginocchiata, premeva con la fronte la parete. Il corpo infagottato nella veste nera si sforzava di restare immobile, ma i suoi muscoli battevano sotto la pelle, e le viscere si scuotevano nel pianto. La vecchia stendeva le braccia lungo il muro e curvava le dita quasi cercando un sostegno al quale aggrapparsi.

– Signora... – balbettò Elena stupidamente; ma l'altra non si voltò né le rispose, anzi riprese con maggior fretta la sua confusa bestemmia o preghiera:

– Me l'hanno rubato, il figlio, – udí Elena, – il figlio

unico, il maschio –. E su quel collo rugoso e smorto le vene si gonfiavano tanto, che pareva dovessero rompersi e la vecchia ad un tratto cadere impallidita. Con un senso di penosa vergogna Elena uscí dalla stanza: le imprecazioni e i lamenti della vecchia ostinati la seguivano, ed ella ne era impaurita, quasi che un cane rabbioso le fosse alle calcagna.

Di dietro una casa, Giuseppe le veniva incontro, con quel sorriso confuso e quel rossore fanciullesco che aveva ogni volta che s'incontrava con lei. Quando si ritrovavano, non sapevano che cosa dirsi, una confusione incerta li coglieva, come può accadere a due pellegrini che, senza aver nulla in comune, devono percorrere la medesima strada. Ma appena furono accosto, in un pulsare rombante che loro due soli potevano udire, il sangue dell'uno si tese e gonfiò verso il sangue dell'altro, e le due ondate confluirono in uno stesso punto, con tal forza che essi credettero di averne le vene consunte. E si strinsero la mano che bruciava, mentre dalle loro bocche uscivano e si confondevano nell'aria gelata i vapori dei loro fiati. Elena avrebbe voluto parlargli della madre, ma ora quel lamento taceva, e, nel silenzio, la nebbia del tramonto che lasciava libero lo spazio intorno a loro aderiva alle cose circostanti, cosí che pareva ne trasudasse. Entrarono in casa ed Elena pensò che forse la vecchia ora dormiva.

Le nozze furono celebrate in fretta e in silenzio; e cominciò per Elena un periodo strano. Mentre camminava in uno stato fra l'ebbrezza e il sonno, le cose parevano nascere sotto i suoi occhi dal caos, e da un intimo impulso ricevere le forme. E di queste forme delle cose, Elena sentiva l'evolversi in se stessa, sotto la sua pelle e nel suo cervello, tanto che avrebbe potuto riconoscerle ad occhi chiusi. Insieme, accadevano strane confusioni sotto i suoi occhi; le differenze fra gli oggetti sparivano, un segreto accordo si stabiliva fra i regni della natura, quasi che dove l'uno finiva cominciasse l'altro e che l'uno partecipasse dell'altro. Spesso le sembrava che una pietra, come una pianta, respirasse e mettesse radici nella terra. Oppure gli alberi prendevano la rigida vita delle pietre, e le foglie si agitavano come insetti, e gli animali diventavano masse inerti. Ed ella stessa si sentiva come un albero, da cui rampollassero le gemme con una delizia tormentosa. Anche il solo sfiorare un oggetto le dava brividi di piacere; ed ella accarezzava gli oggetti, sembrandole di scoprirli tutti, o meglio che tutti nascessero nel suo proprio segreto. I suoi occhi brillavano, i suoi capelli erano piú morbidi e parevano fremere di vita. Il suo seno, che sempre era stato piatto e povero, si gonfiava nascendo, erto come quello di una vergine, ed ella camminava lenta e languida, con movenza regale. Nel passare dei giorni, il suo corpo si sviluppava per miracolo in curve dolci e femminee, ed ella si rimirava stupita.

Quando capí di essere incinta, fu tale il suo gaudio, che le parve di smarrirsi. Aveva dei rapimenti di gratitudine nei quali le pareva che un Dio, corpo ed anima, fosse presente dentro il suo proprio essere e si abbatteva in ginocchio con le lagrime che le correvano per il viso. Attenta al prodigio che avveniva in lei, dimenticava il succedersi dei giorni e delle notti, e aveva il riso e il pianto facili e subitanei, come avviene ai fanciulli. Quando credette di sentire i primi moti del figlio nel ventre, rimase sveglia la notte per coglierli. Col fiato sospeso, rimaneva seduta nel letto, i capelli sciolti sulle spalle seminude, un sorriso ansioso sulla bocca. Con parole tenere e materne chiamava Giuseppe che le dormiva accosto e se egli socchiudeva gli occhi appannati dal sonno gli chiedeva:

– Sei felice? – e in un riso breve e convulso lo stringeva al suo petto. Ancora, lo fissava a lungo, non volendo perdere un solo aspetto del suo viso, e gli passava sul corpo le mani avide e intente affinché il figlio si plasmasse con le forme di lui. Spesso si guardavano sperduti, stringendosi la mano senza parlare, e dai loro abbracci erompeva una violenza quasi religiosa, come se ogni volta il figlio ne ricevesse un nuovo impulso a vivere.

Ormai la vecchia madre era lasciata del tutto in disparte. I primi tempi ella restava nella sua camera, chiusa in una inimicizia sdegnosa. Ma poi, non potendo resistere, ricomparve, con sguardi obliqui e sfuggenti, quasi timida. Giuseppe si accorgeva appena di lei; si lasciava talvolta pettinare, o infilare le scarpe, ma con aria distratta e assente. E bastava che udisse l'eco di una voce, di un passo di Elena, perché tendesse l'orecchio, volto a quel suono. La vecchia diventò simile ad una mendicante: elemosinava dal figlio uno sguardo, una parola come segno della loro antica comunione. Ma inutilmente gli girava intorno alacre, facendo scricchiolare i propri stivalini. Inutilmente si acconciava con civetteria il fazzoletto intorno al viso, in cui gli occhi le scintillavano d'odio. Egli stava sempre all'erta, come una lepre nella foresta. E la madre finí per irrigidirsi, e divenne anch'essa una statua di legno. Immobile in una delle nicchie cosí numerose in quella casa, seduta sopra un basso sgabello o addirittura su di uno scalino, con le mani intrecciate fra le pieghe dello scialle, pareva sorvegliare i gesti di quei due, i loro bisbigli teneri e febbrili. Talvolta essi coglievano a volo un suo sguardo frenetico, che nelle furie sembrava domandare pietà, come quello dei cani rabbiosi. Ma oramai non vi badavano neppure; ella prese a borbottare certe filastrocche incomprensibili, suppliche o maledizioni, a cui gli sposi tendevano l'orecchio ogni tanto, con un'apprensione vaga e superstiziosa e con un fastidio evidente; ma certo non la consideravano che una pazza. Ed ella quand'era sola si raggomitolava negli angoli della sua camera, con le pieghe ampie della veste che si chiudevano su di lei, e singhiozzava fino a ridursi senza fiato, svuotata e floscia come uno straccio. Ma se avveniva che il figlio le si accostasse e le sorridesse, accarezzandole appena una mano, ella rifiutava quella carità con uno sguardo torvo, e si ritirava nel suo angolo.

Cosí che anche queste brevi effusioni cessarono del tutto. A volte, la vecchia pareva fantasticare; ella pensava infatti che forse avrebbe potuto, di notte, entrare nella camera attigua e vigilare un attimo sul figlio addormentato. Vedere da vicino, per esempio, se i suoi cigli erano cresciuti, se nessun segno di precoci rughe apparisse, se la pelle era sempre fresca come un tempo. Forse spingere l'audacia fino a sfiorarlo con una mano. Ma subito pensava che accosto, nello stesso letto del figlio, sotto la stessa calda coperta, giaceva l'altra donna. E si riscuoteva con un sussulto. In tal modo, passavano i giorni.

Finché un pomeriggio sul finir dell'estate, Elena partorí due gemelli, maschio e femmina. Dopo la nascita, il resto della giornata trascorse in un tale stupore gioioso, che la sparizione della vecchia fu notata soltanto a notte. Elena dormiva, immersa in un fondo sollievo, nella penombra che oscurava le grandi pareti bianche; e i due bambini le dormivano accosto, con le teste piccole e quasi identiche sullo stesso cuscino. A un certo punto Giuseppe si allontanò dalla contemplazione di quel letto, e si ricordò della vecchia. Bussò senza ottenere risposta all'uscio della sua camera, e quando si accorse che questa era vuota, con improvviso orgasmo chiamò a bassa voce per tutte le stanze che apparivano insolitamente fresche e deserte; e soltanto alla fine si accorse di un «Vado via», scritto col carbone, a lettere sbilenche, sulla parete presso il camino. Allora uscí nella strada, reggendo una lanterna, e nel vento notturno e tiepido che gli scompigliava i capelli chiamò:

– Mamma! Mamma! – Sperava di vederla ancora, forse, svoltare all'angolo del viottolo; ma quando si decise a domandare qua e là se per caso l'avessero vista, qualcuno rispose che sí, infatti era stata veduta, molte ore prima; scendeva in fretta, recando un fagotto, senza parlare con nessuno. Questo era avvenuto poco dopo che erano cessate le grida di Elena e si era udito il pianto dei piccoli.

A bassa voce, risalito in camera, Giuseppe informò Elena della fuga; ella non disse nulla, era spossata; ma, nello sguardo che si scambiarono, i due lessero lo stesso pensiero. Le ricerche, un po' pigre del resto, fatte nei giorni successivi, non servirono a nulla. Ed essi, via via che i giorni e i mesi scorrevano, credettero quasi di aver dimenticato la vecchia. In realtà, se molti anni dopo ripensavano all'intervallo corso fra la sua partenza e il suo ritorno, si accorgevano della fretta con cui quegli anni erano scivolati via, quasi che il tempo si fosse precipitato incontro alla vecchia. Era certo la felicità che lo faceva sembrar cosí breve. Erano appena scomparsi i fiori dai mandorli e dai ciliegi, che già le prime nevi riapparivano sulle montagne. E le nebbie autunnali si erano appena diradate, che già l'infuocata aria estiva disseccava le erbe e prosciugava i fiumi.

I giorni erano del resto tanto semplici ed uguali da potersi confondere l'uno con l'altro. Giuseppe ora scolpiva per i fanciulli pupazzi di legno, e, per renderli movibili, ne legava con filo di ferro le giunture. I due bambini lo miravano attenti mentre scolpiva. Ad ogni stagione, l'ailanto diventava piú alto.

Come in certe piante, che non dànno che un fiore nella maturità della loro vita e poi inaridiscono esaurendosi in questo dono, la fioritura effimera di Elena era caduta, il suo corpo cedeva ai giorni, sfacendosi in una pigra sazietà, e, nel volto spento, dell'interno febbrile ardore non restava che la gelosia animale con cui ella vegliava sul crescere dei figli. I due gemelli si rassomigliavano fra loro fino ad essere pressoché uguali; soltanto, la bambina aveva forme piú rotonde e negli occhi una particolare mitezza, quasi d'agnello. Inoltre differivano per il colore dei capelli, neri morati nell'uno, e fulvi nell'altra, ma in ambedue lunghi, lustri ed accuratamente divisi in riccioli dalla madre. Avevano gli occhi larghi e chiari, quasi rotondi per lo stupore, e specie nelle guance e nelle palme delle mani la loro carne era piena e tenera come certe corolle. Portavano bei vestiti di velluto, con baveri di pizzo e nastri, e, fino alle nude ginocchia rosse, calze variopinte. Camminavano quasi sempre tenendosi per mano, con piccole corse attente, e, non parlando ancora bene il linguaggio degli uomini, avevano un particolare linguaggio comune, fatto di balbettii e di gridi, un che di mezzo fra l'idioma dei gatti e quello degli uccelli. Spesso ridevano e piangevano per certi loro segreti, inaccessibili agli adulti, e sia le risa che il pianto erano subitanei e sfrenati. Per un attimo, perduti in queste loro emozioni, restavano divisi; ma subito, dopo un brancolare smarrito nella solitudine dei singulti, si ritrovavano. I loro occhi lagrimosi si stupivano nell'incontro, e il loro sonno comune era come un nido d'implumi.

Per primi essi videro la vecchia che ritornava e si fermava aguzzando lo sguardo presso il cancello. Rimasero ammirati ad osservarla, e la seguirono passo passo mentre arrancava per l'orto.

– Mamma! – gridò Giuseppe che la vide dalla finestra, e, arrivato al piede della scala, strinse la vecchia fra le braccia. Il primo momento, ella singhiozzò; i suoi polsi tremavano sul petto del figlio, e tentava inutilmente di emettere parole dalla bocca convulsa. Con passo incerto entrò in casa, e non mostrò di accorgersi della presenza di Elena; ma subito i suoi occhi si travolsero, e le pupille brillarono sotto le palpebre arrossate.

Impallidendo, Elena strinse i piccoli contro il proprio grembo e il marito le si accostò fino a toccarla col fianco. La vecchia rimase di fronte a loro, subitamente confusa e isolata, in bilico sulla sedia che il figlio le aveva offerto. Apparivano le punte dei suoi stivaletti lucidi e nuovi; certo ella doveva averli serbati durante tutto il tempo, per questo ritorno. Ma poi era coperta di stracci, e il suo aspetto non aveva piú nulla di umano; ella sembrava piuttosto un uccello. I polsi e le mani dalle vene gonfie parevano un intrico di corde; e sulla faccia le rughe le formavano strani segni neri, tagli e croci. Non aveva piú labbra, i capelli grigi e spezzati le scendevano sul viso, di sotto il fazzoletto logoro. Agli occhi dei gemelli, ella era una cosa bellissima.

– È la vostra nonna, – si provò a dire Giuseppe, con voce bassa e timida. Allora lo strano uccello parve rinchiudersi nelle sue ali rotte, e sogguardò la famiglia con occhi appannati come per sonno. Ma presto si vide che erano lagrime; dagli angoli infiammati delle palpebre il pianto scorreva su quel viso immoto. Poi la sua bocca si contrasse e s'increspò come quella di un bambino:

– Tu, – disse la nonna con voce tremante e debole, non fissando che suo figlio, quasi gli altri fossero scomparsi, – hai mandato la tua vecchia a chiedere come una mendicante. L'hai mandata sola per le strade a chiedere. Per... le... strade... – e scosse il capo sdegnosamente. Ma tacque, sopraffatta dal suo tremito che le faceva battere le gengive nude; e malsicura si avviò alla sua nicchia, e si sedette sullo scalino.

– Vuoi mangiare qualcosa? – le sussurrò il figlio.

Lei disse:

– Acqua e pane.

Che cosa cercava? Che cosa sperava? Rimaneva seduta là, coi piedi accostati e fermi, e gli sguardi raccolti in basso sul proprio grembo, sotto le palpebre senza ciglia. Anche questa volta Giuseppe ed Elena si scambiarono un'occhiata; da quel momento evitarono di rivolgersi alla vecchia. Solo i fanciulli la sogguardavano ogni tanto, interdetti e vagamente ammaliati. All'ora di cena, nessuno invitò la nonna a sedersi a tavola; non una voce era partita dal suo angolo, ed anche i due sposi tacevano, presi da una sorta d'incantesimo pauroso. Si raccolsero tutti e quattro intorno alla tovaglia, e fu allora che essa li guardò. La luce fissa della lampada a petrolio li rinchiudeva in un cerchio; si scorgeva il profilo di Giuseppe, i suoi ricci biondi, i cigli e la guancia senza rughe. Le sue spalle si picgavano appena mentre egli spezzava il pane. La sua bocca semiaperta appariva nel lume vermiglia ed umida. Dinanzi a lui, illuminata in pieno, era la faccia di Elena, dai capelli rilasciati sulle tempie, la pelle illanguidita, e le labbra gonfie e ricurve. Ai suoi lati i due fanciulli sembravano un'emanazione della sua carne.

Essi levavano ogni tanto la voce in gridi e in tenere e labili risate; ma il padre e la madre continuavano a tacere. Giuseppe si ripiegava da un lato, con una sua selvatica goffaggine, e ad una stramba richiesta della bambina ebbe per la moglie un vago e puerile sorriso.

Allora la moglie, quasi per infondergli fiducia, insinuò la sua mano bianca in quella abbandonata di lui. L'ombra nascondeva il contatto delle loro dita intrecciate, ma a lungo la mano di Elena rimaneva nell'altra, come se vi si fosse assopita; ed ella sorrideva intanto, con gli occhi volti non al marito, ma ai due bambini che parlavano i loro confusi discorsi.

Quasi che quella mano fosse stata un serpe, e, strisciando su lei, l'avesse a un tratto infocata col suo morso, la vecchia parve rabbrividire e incenerirsi. Tuttavia, con una cupida ripugnanza, i suoi occhi assonnati e febbrili continuavano a fissare il gruppo. – A letto, bambini, – disse infine alzandosi Elena. Allora Giuseppe si accostò alla madre: – Non ti occorre piú niente? – chiese con una voce nuova e stonata. – Il tuo letto è pronto.

Ella non rispose nulla. – Buona notte, mamma, – sussurrò Giuseppe, quasi vergognoso. E strisciò fuori, seguendo Elena. I gemelli rimanevano indietro, e si fermarono davanti alla vecchia, ma ad una certa distanza. Guardavano quel viso pieno di crepe, e si raccontavano a bassa voce, con curiosità e stupore, che quella era la nonna. Il maschio la scrutava assorto e circospetto: – Nonna, – ripeté ancora. La sorella ebbe allora un sorriso appena accennato e fugace, e subito si coprí il volto col braccio.

– Bambini! – chiamava Elena con la voce morbida.

Le pupille della nonna parvero indurirsi e diventare di vetro: – Sentite qua, – disse piano. – Domani la nonna vi racconta una favola. Venite domani –. Essi sorrisero apertamente all'invito. Si accostarono un poco, divertiti e affascinati.

– Una favola, – compitarono insieme a voce alta, – domani –. E voltandosi indietro verso la vecchia lusinghevole, seguirono a malincuore il richiamo della madre.

Per tutta la notte, quella rimase là, con le ossa indolenzite e formicolanti. Udiva il frastuono ripercosso del torrente, e, all'alba, col frastuono entrò pure lo scrosciante riflesso delle acque. Allora, proprio come un uccello dalle piume arruffate, la vecchia si scosse dal suo sonno. Senza ancora la coscienza di se stessa, volse intorno uno sguardo abbietto e spaurito. I primi a scendere furono i gemelli.

Essi non si meravigliarono di vederla ancora là; aspettavano la favola. La vecchia pareva fosse stata percossa; era come un legno fradicio; ma i suoi occhi già luccicavano simili a due vetri.

– Volete la favola della nonna? – bisbigliò attenta, quasi riaffiorasse in lei un sogno fatto in quella notte.

I due bambini si accostarono l'uno all'altro con un piccolo riso di piacere, le pupille ingrandite dall'ansia. Fu una festa per loro, quando la vecchia incominciò a parlare. Essa li scrutava attenta e severa, come una maestra che spieghi, e insisteva su ogni sillaba:

– Laggiú, – disse, – dove è stata la nonna, c'è un gran prato, un gran prato coi fiori fatti d'acqua. Ci sono cavalli di vetro che saltano, e uccelli d'acqua che volano.

– Pure le ali d'acqua? – domandò il maschio.

– Certo, – ella rispose con furia. – E per dormire c'è una camicina d'erba, una per uno –. A questo, i due fratelli si guardarono, dubbiosi. Ma già dall'alta finestra, nei riflessi del torrente, scalpitavano verso la parete i focosi cavalli di vetro. Tintinnando e gonfiando le ali calpestavano con gli zoccoli quel prato solare e liquido; i loro mille occhi sfavillavano come carboni.

I gemelli fissavano con simpatia la vecchia avventurosa. Avrebbero voluto fare altre domande, ma essa incuteva, oltre alla meraviglia, una soggezione che li teneva silenziosi, presso il muro; incerti, brancicavano con le mani i loro grembiuli. Ma infine l'entusiasmo traboccò in loro, ed essi balbettarono allegri commenti, ridendo estatici. Anche la vecchia rise per tutte le grinze, con un rumore secco e sordo come di legna che bruciasse. Poi si alzò; era diventata muta e seria e li fissò appena con disprezzo. Pareva avesse freddo, tanto si stringeva nel suo scialle, e le sue mani ingiallite tremavano.

– Addio, – annunciò con un singhiozzo. Poi senza piú guardarli si avviò all'uscio e zoppicando sgattaiolò fuori. Essi rimasero soli nella stanza invasa dai raggi, e, attraverso la finestra, videro la nonna, rimpicciolita e nera, che scendeva sull'erba. Avrebbero voluto seguirla, ma non ne ebbero il coraggio; del resto, credevano che la sua assenza fosse breve, e che da un momento all'altro ella dovesse ricomparire, forse in groppa ad uno dei suoi cavalli volanti. – Dov'è? – chiese ad un certo punto la bambina, tirando il fratello per la manica.

L'altro scosse la testa sopra pensiero; a un tratto, quello sfavillante silenzio li atterrí: – Mamma! – gridarono correndo su per le scale. – Chiama la nonna! Chiamala! Chiamala!

Questa volta le ricerche furono brevi, e non inutili. La vecchia infatti fu ritrovata verso il tramonto. Prima di tutto fu scoperto il suo scialle rosso e nero accuratamente ripiegato su di un sasso, accanto agli stivalini ancora lustri sebbene un po' logori alle punte. Certo per vanità ella si era tolti questi indumenti affinché non venissero sciupati dal fiume. Poco dopo il suo corpo, rigettato fuori dalle acque infuriate, fu ritrovato sul greto del torrente. Maltrattato dalle pietre aguzze del letto era pieno di squarci e di unghiate, e, cosí gonfio e vizzo, sembrava un tronco dalla corteccia marcita. I capelli grumosi, resi verdastri dall'acqua e dalla mota, parevano lunghi ciuffi d'erbe guaste. I globi degli occhi si rovesciavano bianchi e fissi simili a due fiori d'uno stagno sotterraneo.

I bambini si erano già addormentati, quando questo corpo fu trasportato in casa. Un silenzio enorme succedeva al fracasso del torrente nella camera dove la vecchia fu deposta e dove una contadina loquace le abbassò le palpebre e la rivestí. Appena tali cure furono terminate, anche i due sposi si coricarono.

A letto, accanto al marito, nel mezzo di un sogno maligno e torpido, Elena credette di udire dei tonfi regolari e scanditi: «Sono le palate di terra, – pensò, – che gettano sopra di lei. È finita, se Dio vuole» – ma nel pensare in tal modo, sentí un improvviso gelo alle tempie, e si accorse che la vecchia era nella camera. Si appoggiava silenziosa alla buia parete di contro, nell'atto di togliersi i suoi stivalini, e volgeva ad Elena un sorriso d'intesa non privo di grazia. I suoi occhi ammiccavano con arguto scintillio sotto il fazzoletto dalle cocche legate.

In un soprassalto d'angoscia, Elena si svegliò e balzò a sedere sul letto. Senza stupore, nella semicoscienza vide Giuseppe che, anche lui seduto e immobile, con le pupille dilatate fissava il muro. Gli toccò una mano, ma rabbrividí a quel contatto come per disgusto. E senza dir nulla, ricadde nel sonno.

Fin dall'alba, si annunciò una giornata serena. Una luce trasparente ingrandiva lo spazio, svelando fino all'orizzonte le città costruite sui fianchi delle montagne. I prati molli dell'umidità primaverile parevano respirarne le gocce e gli uccelli si scuotevano con gemiti ansiosi. Alle prime strisce di luce che si insinuarono per le persiane, Elena si accorse con paura che la giovane testa del marito, addormentata sul cuscino fradicio di sudore, non era piú bionda, ma quasi bianca. A un richiamo di lei, egli sollevò il viso svogliatamente, come da un sonno mortale. L'impubertà dei suoi tratti appariva ora segnata da una vecchiezza inebetita e pallida come se una radice malata avesse preso a ramificare stanotte sotto la sua carne. E le sue pupille si rifugiarono subito negli angoli delle occhiaie, timorose di incontrare quelle di Elena.

La vecchia fu portata via in fretta e quasi di sotterfugio. Il figlio e la nuora la seguivano, discosti e senza guardarsi in viso, costeggiando il fiume in cui si specchiavano i camini e gli alberi. Cosí discesero, mentre in casa le serve, raccolte in cucina, bisbigliavano misteriosamente.

Intanto i due gemelli si alzavano e, senza chiamare nessuno in aiuto, indossavano con fatica i loro grembiuli a scacchi bianchi e rossi. Coi capelli in disordine, le suole dei sandali sfibbiati che battevano sulle scale, essi discesero adagio. A causa dell'ora mattutina e del sole che pioveva dai vetri, collegarono nel pensiero l'oggi al giorno precedente, e si confusero vedendo che la nicchia della nonna era vuota.

– Nonna! – chiamarono nel corridoio. Poi spinsero l'audacia fino ad entrare in quella che era stata la sua camera; ancora nel letto appariva l'incavo di un corpo, una nebbia che odorava di chiuso e di tenebra vagava fra l'uscio e lo specchio. I due si ritrassero.

Invano cercarono la vecchia per tutte le stanze. Il sole disegnava sulla calce dei muri foglie fluide e rami, fili e insetti dalle ali oscillanti; affannando un poco, i fratelli arrivarono fino allo stambugio in cui il padre teneva le statue di legno. Sulle figure stipate e polverose pendeva una ragnatela tutta tramata di faville. – Non c'è, – dissero, delusi. E pensarono di cercare la strana ed amabile vecchia nell'orto.

Qui osservarono incuriositi le loro due ombre che avanzavano sulla lunga ombra dell'ailanto; e insieme ne ragionarono. Come alzavano gli occhi verso la cima dell'albero pieno di uccelli, videro un insetto bizzarro e attraente che scendeva lungo il filo della luce. Era una grossa farfalla dalle ali nere arabescate di ricami rossi, e volava ondeggiando come assonnata. – Prendila! – disse la bambina; ma il maschio aveva teso appena la mano, che quella gli sfuggí, e oltrepassò la siepe dell'orto.

Era cosí vicina, che si vedevano le sue zampette oscillare, e i suoi occhi simili a grani di pepe brillare con astuzia; non si lasciava prendere. Il prato era immerso nel vento e nella rugiada, i fiori incominciavano ad aprirsi, e non si udiva altro rumore se non il frastuono del torrente, simile al fragore di una battaglia. – Andiamo, – essi decisero. Già dai comignoli uscivano i fumi dalle incerte figure e il sole montava a picco sul ponte di ferro. I fratelli si arrestarono presso il ponte, e si sporsero dalle fredde erbe della riva; il fiume correva occhieggiando e mischiando acqua e luci. La farfalla era scomparsa.

A un tronco magro e nerastro era legata una rozza barca dalla vernice screpolata; e appena i fanciulli, dopo un'ardua scalata, vi furono dentro, non reggendo al piccolo peso, il ramo dalla corda attorta si spezzò.

Essi salutarono con grida di giubilo, agitando le mani minuscole e tozze, il principio del loro viaggio.

Riflessi freddi e viscidi correvano sull'acqua, e la barca pareva calare lungo queste scie. In realtà essa era attratta dalla corrente che precipitava nel fondo. I fanciulli si ritrassero contro il sedile, presi da paura; ma già, sulla verde linea della luce, i cavalli di vetro si impennavano incontro a loro e da quel galoppo irruppe fischiando un vento gelato, in cui gli uccelli dalle ali d'acqua si dibattevano. – È qui! – bisbigliarono i fratelli atterriti. E subito la barca montò sulla groppa dei cavalli smaniosi, e, girando su se stessa, si gettò nel mezzo del torrente.

Via dell'Angelo

Nell'infanzia, Antonia aveva perduto i genitori, e i suoi zii, dovendo trasferirsi all'estero e non sapendo dove metterla, la lasciarono nel convento di Via dell'Angelo. Un amico Gesuita, santo padre dalle spalle curve e dal viso impassibile e grigio come creta, incrociando le mani, la presentò alle suore. Egli stesso aveva consigliato quel convento, nel quale non c'erano che tre suore, oltre ad Antonia che pagava una piccolissima retta ed era qualcosa fra la servetta, l'educanda e la pensionante. Ma in quei paraggi sorgevano numerosi e vasti monasteri, popolati da suore diverse, di cui alcune portavano la cuffia arricciata, altre il velo e alcune il mantello. Proprio di fronte si elevava l'immenso fabbricato delle prigioni, giallo e liscio e regolarmente interrotto dalle sbarre delle finestre; dinanzi al portone un guardiano insonne, il fucile in ispalla, camminava avanti e indietro sui ciottoli con passo ferrato.

La via saliva di sghembo, e il sole, fatto piú chiaro da quel colore dei muri, vi batteva da cieli sereni e freschi. Essa era detta «dell'Angelo», a causa di una statua di pietra, dalle gigantesche ali ripiegate, che si drizzava all'incrocio. Era un'informe figura, decapitata e monca, in atto di avanzare su larghi piedi anneriti. Ogni memoria si era perduta riguardo alle sue origini; forse era un antico Gabriele recante l'annuncio, avanzo di una chiesa distrutta, o forse una Vittoria, preda simbolica di battaglie. Ma si aggirava la voce che fosse un vero angelo, che Dio aveva scacciato dal Paradiso in seguito a qualche colpa grave, e condannato alla terra. Qua, per distrarsi un poco, egli si introduceva spesso nelle case, sotto le piú varie forme, e rapiva la gente, specie i fanciulli. Impossibile riconoscerlo, ad ogni modo: ma nel passare davanti alla statua, molti si segnavano in fretta e dicevano una preghiera.

Del convento faceva parte una chiesa lunga ed echeggiante, con un bianco altar maggiore elevato sotto una stretta altissima cupola, al di là di una scalinata e di una balaustra di porfido. Piccole porte rosse a doppio battente feltrato si aprivano sulle pareti laterali. Per le funzioni solenni, venivano condotti a questa chiesa i prigionieri, con un fracasso di catene.

Proprio sulla Chiesa erano le stanzette intonacate del convento, adorne di crocifissi di legno nero, di lucerne ad olio, di cerei fiori e statue coperti da campane di vetro. Alcune finestre davano su un giardino angusto, folto di verdure impolverate e sfinite dal fumo dell'incenso. Forse per i cibi un po' scipiti e la vita monotona che si faceva là dentro, Antonia cresceva poco; solo i suoi capelli erano cresciuti, tanto che a causa delle nerissime trecce attorte la sua testa pareva di una grossezza eccessiva rispetto alla persona. Ché questa a sedici anni era ancora puerile, gracile, con braccia magroline e tutta spersa nelle sottane. E il volto appariva in quel nero cerchio di trecce bianco e patito, con rare scolorite efelidi, un piccolo mento rotondo e grandi occhi bigi sotto gli occhiali. Da questi occhiali esso riceveva un aspetto dottorale e insieme gattesco, per via del naso che, minuscolo e lievemente camuso, spuntava fra le due lenti. Era, il volto, sempre interrogativo e spaurito, benché saggio. Solo il sorridere, scontroso e nello stesso tempo leggermente furbesco, gli dava una cert'aria di intraprendenza e di fuga; pareva, un simile sorridere, per dir cosí, pareva ogni volta tentare il primo volo.

Di rado Antonia usciva dal convento; e quando usciva, il mistero delle strade, immerse in un remoto e febbrile mormorio, la turbava, cosí che ella preferiva guardare costantemente le proprie scarpe nere che avanzavano in fretta. Se talvolta sollevava gli occhi, le pareva di scorgere, su per la facciata della prigione, prigionieri aggrappati alle sbarre, con avide facce pallide, teste rase, occhi neri e fissi. E spesso, udendo dietro le spalle un frastuono, credeva che l'angelo della svolta, staccati con pena da terra i suoi piedi corrosi, la seguisse, con passi affaticati e lunghi che rintronavano sulle pietre. Le due ali pesanti, aprendosi e richiudendosi, rendevano un sordo sibilo. Ed ella tratteneva il fiato, senza il coraggio di voltarsi. Ma in realtà quei fischi e rumori le venivano dal suo stesso sangue.

Nel convento, ella imparava il cucito, oltre alle faccende casalinghe e a qualche santa canzone. Talvolta veniva in visita il padre Gesuita, e senza alzar gli occhi s'informava sul suo conto, le dava consigli, e le regalava immagini. Delle tre suore, la piú autorevole era Madre Cherubina, anziana, piccola e rugosa nella sua cuffietta. Era magra, con movimenti nervosi e svelti e una voce stridula che, però, nei colloqui con gli estranei e col padre Gesuita diventava eccessivamente mielata. Le sue larghe palpebre si rialzavano come cortine sugli occhi arrossati agli angoli, le narici tremolavano, le labbra avevano un ipocrita e maligno sorriso. Questa suora pareva continuamente in preda al demone dell'inquisizione, era energica e spietata e grazie a simili qualità, oltre che per l'importanza del grado, era l'addetta ai castighi. In tali occasioni, dopo aver teatralmente smaniato in una minacciosa predica, essa taceva e con un sorriso celestiale sul volto e certi gesti secchi e meticolosi afferrava Antonia per il bavero o addirittura per il collo come si fa coi gatti e la batteva sulla nuca, due o tre volte, con le sue nocche ingiallite, levigate e sonore come i grani dei rosari. Compiuta questa esecuzione, essa prendeva Antonia per mano e, severa e rigida come un giustiziere, a gran passi la traeva in una cappelluccia dove, agitando febbrilmente i polsi e stralunando gli occhi, la rinchiudeva dicendo: – Prega, figlia! Prega per i tuoi peccati! – Né Antonia piangeva, ché anzi si umiliava in un sorriso contrito e ubbidiente, e quando la suora gemeva: – Prega per i tuoi peccati! Prega! Prega! – essa balbettava: – Sí, madre.

La seconda, Suor Affabile, era una creatura misteriosa. Altissima e diritta, con un pallido viso regolare, la bocca molle ed esangue, parlava poco, non rideva mai e il suo passo non aveva suono. Quando appariva sulla soglia, anche se veniva dalla prossima stanza, sempre aveva l'aspetto di chi arriva da molto lontano e ha lasciato qualche cosa indietro. Per annuire, chinava appena i cigli, e il gesto della sua mano era cosí maestoso e languido che dava un senso di riposo. Anche la sua voce, sebbene ella dicesse cose molto comuni e semplici, era trasognata, come quella di chi dorme, e ad ascoltarla ci si sentiva lentamente rapire a ogni memoria.

Suor Maria Lucilla, la terza, che si occupava della cucina e degli altri servizi, era piccola e tondeggiante, piena addosso di odori casalinghi, e nel camminare muoveva i fianchi al modo delle galline. Aveva occhi azzurri, bocca vermiglia, un viso grasso e bianco che pudicamente si macchiava di rossori, e le mani corte e rosse, ognuna con cinque fossette sul dorso. Rideva spesso, e il suo doppio mento ne tremolava con dolcezza; e spesso anche piangeva, e allora il suo viso tutto impiastricciato faceva smorfie patetiche. Questa suora, di nascosto, cuciva per Antonia delle belle camicine celesti, e le ricamava anche, con disegni adatti, quali di colombelle bianche con becco e zampette rossi, e di fiorellini, per lo piú casti gigli, con gli stami di filo giallo in cima al calice. – Oh, le belle palombe! – esclamava Antonia giungendo le mani, – oh, le belle foglie! – E tu portale sai, – raccomandava Suor Maria Lucilla, in segreto, – perché, va bene i vestiti neri e le scarpe grosse; eh, sí, queste cose, tutti le vedono, come il contegno. Ma, le camicine, chi le vede? Nessuno, fuorché Nostro Signore Iddio. E allora, che peccato vuoi che ci sia a portarle belle e di colore? Anzi, sarà tutto contento, il Signore, a vederne di cosí ben fatte e ricamate, che si portano in onor suo. Guardate qua. Ma che non lo sappia Madre Cherubina.

Tale era la vita di Antonia fra le monache. Ora avvenne che un giorno, avendo ella nel fare le faccende urtato e rotto una santa lucerna, fu acerbamente punita da Madre Cherubina. Scandalizzata e fanatica, additandola allo sdegno del cielo con una enfasi fiammeggiante, la Suora nocchieruta la rinchiuse infine dentro la solita cappella, e pronunciò la condanna, mentre un acre piacere le inumidiva gli angoli della bocca. – Resterai qui tutto il giorno, – impose levando in alto le pupille, – e scenderai solo per le funzioni. Prega, figlia, prega!

La cappella era una semplice stanzetta quadra, intonacata, col soffitto a volta, e dava sul giardino per una vetrata ogivale. Su questa era istoriata una scala di tre angeli musicanti, che si levavano ciascuno piú in alto, il primo con la tromba, il secondo con l'arpa, il terzo con la mandola. Tutti avevano lisce ed auree capigliature, i piedi nudi, e differivano solo nella veste, che il primo portava di un colore di foglia secca, il secondo vermiglia, il terzo turchino cupo. Passando attraverso questi colori la luce di ponente si posava sul soffitto bianco e sui lini dell'altare come un arcobaleno. E dentro, raggi sottili vi facevano una piana e alata festa, mescendosi con l'argento dei voti e il viola dei giacinti in tale ardore innocente, che ci si perdeva nel goderli, quasi volando in quella felice nube.

Senza pensar troppo a quello che faceva, Antonia, invece di inginocchiarsi, si sedette sull'inginocchiatoio di legno scolpito, e, per consolarsi nella solitudine, rimase a contemplare quel concerto degli angeli. Essa, pateticamente, sperava che da un momento all'altro per miracolo i loro strumentini si accordassero in una sonata vera, che le facesse trascorrere in letizia tutto il giorno; forse già la udivano le faville, che danzavano cosí beate. A questa idea, le lagrime trattenute cominciarono a scenderle sulle guance, ed ella si preparava con ghiotto abbandono ad un lungo desolato singhiozzare, quando, proprio sul principio, fu interrotta dalla campana dei Vespri, che rintoccava dal basso come dal fondo di un'acqua cupa e scintillante. Antonia si stupí che già tanto tempo fosse trascorso senza che ella se ne accorgesse; le pareva che si fosse appena rinchiuso l'uscio dietro la nera sottana di Madre Cherubina. Ma in fretta ringoiò il singhiozzo, si asciugò gli occhi, e, rimandato a piú tardi quel pianto, si preparò a scendere.

La grande Chiesa di pietra grigia, solennemente parata e drappeggiata, era ancor piena della luce del giorno. Sugli scarsi inginocchiatoi alcune persone dimesse si segnavano in silenzio, con gesto compunto e grave. Anche il prete, ritto al di là della balaustra, taceva, e, volgendo la fronte all'altare, nella ricca stola listata d'oro, levava in alto le braccia. Allora Antonia si diresse all'inginocchiatoio piú bello, coperto di un broccato rosso e di un merletto bianchissimo, che si usava di solito per il rito delle nozze. E, chinato il capo, congiunse le mani; ma sogguardando le pareti della Chiesa, vide che da una delle porticine laterali entrava in quel momento Suor Affabile. Dignitosa e alta, senza muovere il pallido viso, ella recava in mano un piccolo tabernacolo d'oro massiccio, coperto a mezzo da un lino, e camminava in quel suo solito modo assorto, quasi di dormiente. Si accostò dunque ad Antonia inginocchiata e si curvò appena su lei, alzando la mano in un leggerissimo cenno, e guardando in basso con una grazia ammonitrice fatta di arguto mistero. Antonia subito ubbidí, e la seguí attraverso la navata, che Suor Affabile percorreva in silenzio, movendo insensibilmente la sottile e nobile anca. Arrivate alla sacrestia:

– Eccola, – disse piano Suor Affabile, e piegò i cigli, e subito la sua veste nera strisciò via. E Antonia fece un timido inchino ed un sorriso malsicuro ad un signore che, seduto alla tavola della sacrestia, pareva aspettarla.

Dico «un signore», benché si trattasse appena di un giovinetto malvestito in abito borghese. Ma devo in qualche modo esprimere il senso di straordinaria riverenza e gratitudine dal quale Antonia fu presa appena lo vide. – Come sei giovane! – mormorò stupita, e questo perché non ebbe il coraggio di confessare: – Dio, come sei bello! – In realtà, mai viso umano le era apparso cosí giovane, né tale da potersi paragonare a questo. I lunghi occhi erano come due giacinti, e una simile bocca, nel ridere, tutta si intenerisce e s'infiora. Con grave attenzione egli osservava Antonia, ordinandole di rigirarsi; e pareva contento, perché incominciò a ridere. Poi le disse: – Andiamo, togliti codesti occhiali.

Ella ubbidí, imporporandosi. – Vuoi che usciamo? – egli propose, e si alzò. Ma ella balbettò: – Se passeremo dalla Chiesa, le monache ci vedranno –. L'altro finse per un attimo di essere sopra pensiero: – Si può volar via, – disse infine, – volarsene dalla finestra, – e rise a un tratto a gola spiegata, un riso di sfida, amaro. Ma poi, ridivenuto serio, le aprí l'uscio della sacrestia: – Di qua si esce, – affermò rassicurante. E infatti, quell'uscio dava proprio sulla strada. – Se incontrassimo, – ella bisbigliò, – le suore? – Diremo, – egli rispose alzando una spalla, – che sono tuo fratello. Non siamo tutti fratelli in Dio? – E qui di nuovo rovesciò la testa indietro, e rise verso l'alto, selvaggiamente. Antonia chiese, sbigottita: – Ti beffi del Signore? – e si fece il segno della Croce.

Ma in verità, guardandolo, ora, non ne provava che compassione. Si accorgeva che quei suoi occhi erano commossi e offuscati, e che a momenti le labbra si piegavano in una smorfia di delusione e disgusto. Inoltre, egli camminava a stento, come chi trascina un peso, ed era pallido: «Oh, figlio mio!», pensò Antonia. E non sapendo che cosa dirgli, suggerí: – Non passiamo per Via dell'Angelo?

– So io la strada, – egli rispose rabbuiato, guardandola di sbieco con uno strano sguardo vile: – Dammi la mano, – aggiunse bruscamente. C'era nella via che percorrevano una luce di crepuscolo che, ad ogni passo, sempre piú calava nella notte. Ed essi andavano giú per una stretta scala tortuosa, addentrata in mezzo alle case che nell'aria quieta si perdevano altissime. Dalle innumeri finestre si vedevano lampade accendersi, ombre notturne gesticolare, e si udivano voci sommesse e stridule, simili ad un brusio di foglie secche. Poi le finestre si chiudevano ad una ad una con un fracasso attutito, si smorzavano le lampade, le pareti si alzavano intorno opache, e nell'infittirsi della tenebra cessava ogni rumore, soltanto, come un lento, remoto fiume, fluiva il respiro del sonno. Ella non aveva mai saputo prima che la città sprofondasse in cosí neri vicoli, né aveva il coraggio di esprimere i suoi dubbi, ma le sfuggí un sospiro. – Che c'è? – egli chiese subito. E attirandola a sé per rassicurarla: – La mia casa, – disse con un tono mortificato, piuttosto tremante, – la mia casa è un po' fuori mano, vero?

– Oh, no, – ella si affrettò a rispondere, invasa da un subitaneo senso di colpevolezza e di rimorso. Sempre piú nella lunghissima discesa egli pareva stanco, nell'ombra si sentiva il suo passo ancora appesantito, e l'affanno del suo respiro. «Riposati un poco», ella avrebbe voluto dirgli; ma al termine di viottoli viscidi e contorti, finalmente egli mormorò esausto: – Siamo arrivati, – e si fermò davanti ad un usciolino verde, ammuffito, traendo una grossa e rugginosa chiave di ferro.

Cosí, attraverso un angusto corridoio, entrarono in una stanzetta dal soffitto basso in pendenza, nella quale per la finestra a vetri si diffondeva un chiarore notturno. A capo del letto, che era di ferro, coperto da una coltre logora, egli accese una lampada, illuminando scarsamente il pavimento di mattoni sconnessi, e nell'angolo della parete stinta e chiazzata di umidità un lavamani slabbrato accanto ad una sedia di paglia. Egli si sedette sul letto, per riposarsi; pareva infatti sbigottito dalla stanchezza, le sue labbra impallidivano e ne usciva un fiato che bruciava di febbre. – Perché oggi piangevi? – le chiese dopo un poco.

– Perché, – ella spiegò, – Madre Cherubina mi aveva offeso.

– Vergogna, – egli osservò sdegnato, – una suora che offende la gente E scosse la testa. – Bisognerà pure – proseguí, – che io ti tolga le scarpe. Sono tutte impolverate –. E premuroso, si curvò. Su ogni cosa che vedeva, s'incuriosiva e commentava: – Che scarponi, – diceva, – che calze lunghe –. A un tratto, tutto rianimato e felice, prese a ridere. – Oh, che piedi piccoli, – gridò. – E che paura hanno! Come sono bianchi. Sembrano coniglietti. Non nascondetevi. Tu, lasciamici giocare. Ora, – dichiarò grave e deciso, – dobbiamo fare l'amore –. E devotamente rinchiuse i due piedi nel pugno.

– Mi togli anche la veste? – ella domandò, vermiglia e senza fiato. – Sí, – egli disse, e girando gli occhi spensierati faceva grandi feste, e il suo viso prendeva colore. Pareva che egli fosse già esperto di tutte le asole e i ganci che fermavano i panni di Antonia, tanta era la bravura con cui le sue mani li ritrovavano e sfilavano le gonne. Ma disapprovando si beffava di quel nero; quando però giunse alla camicina, divenne raggiante in viso per l'ammirazione: – Questa sí mi piace, – disse con un sorriso. – Oh, come è bella! E pure lavorata. E quante figure. Questi in fila che cosa sarebbero? Dei sonagli?

– No, – ella spiegò, – sono dei gigli di Sant'Antonio.

– Gigli. È vero. E chi te l'ha cucita?

Con orgoglio, ella rispose che era stata Suor Maria Lucilla; ma quel fanciullo parve di nuovo disapprovare, e la sua fronte si corrugò: – Vergogna, – disse infine, – una suora che cuce camicine per le ragazze. Una suora, – sentenziò, – deve cucire le pianete –. Antonia tacque, umiliata; ma subito l'altro parve dimenticare il suo rimprovero, e in uno splendido riso d'amore levò il volto: – Quanto sei bella! – le disse.

Chinando il capo: – Ho già il petto, – ella mormorò, compiaciuta. Egli la osservava, e, quasi pauroso di sciuparla, quando le sollevava la treccia subito lasciandola ricadere, quando col dito appena le sfiorava un piede. E confuso, a mezza voce, ripeteva parole interrotte quali: – Come sei gentile. Come sei bianca. Ora, – chiese arrossendo per timidezza, – devo spogliarmi anch'io?

– Sí, se tu vuoi, – ella disse piano. – Magari, – propose, – io mi volterò dall'altra parte, starò, ecco, alla finestra –. E si avviò alla finestra, senza piú vergogna, anzi compiacendosi in segreto d'esser nuda, e levando sulle punte dei piedi il corpo sottile e candido. Si vedeva al di là dei vetri una valle deserta piena di un lontano misterioso chiarore, e Antonia, come una canna sul fiume, si specchiò in quella verde notte. Ma guardando alla montagna che chiudeva la valle, in cima ad inaccessibili alture, scorse a picco una casa solitaria, ricca di torri e contrafforti, allungata da altissime guglie, e che attraverso le pareti ferrigne e le vetrate lasciava traluce-re splendori mattutini. Esaltati da queste luci, da ogni parte ne fuggivano voli come di rondini intorno ai nidi. Nessun'altra casa appariva di là, e tale fu lo stupore di Antonia, che stava per cadere in ginocchio: – Che cosa è quel palazzo che si vede? – domandò a voce bassissima, perduta nel contemplarlo. – È forse una Chiesa? una Cattedrale? – Non è una Chiesa, – rispose bruscamente l'altro alla sua domanda, con una voce affannosa e rauca che pareva salire da un sotterraneo. Intimidita e turbata: – E quei milioni di ali, – proseguí Antonia piú piano, – sono tutte rondini? E sono... d'oro?

– Non sono rondini, – rispose l'altro in fretta, in una specie di rabbioso singhiozzo. E faticosamente si accostò, e levò in alto verso quella casa il volto disfatto con uno sguardo di cui non si può esprimere l'orrore: esso era pieno del piú infuocato desiderio, e assolutamente vuoto di speranza. Poi con uno sforzo adirato, che parve colmarlo di malessere e di amaro disgusto, egli torse gli occhi di lassú, e guardò in basso; ma irrequieto si agitava per la stanza, come un uccello che starnazzi in gabbia. – Non mi parlare di *quella cosa*, – esclamò infine fermandosi dinanzi ad Antonia e fissandola quasi con odio, – possibile che tu non sappia tacere? – Ella imbarazzata e spaurita si nascondeva, avrebbe voluto indietreggiare sempre piú nel buio e cercava di coprirsi con le braccia, tanto ora si vergognava del suo corpo. – Non parlerò piú, – bisbigliò umilmente, – se credi rimarrò sempre senza parlare seduta in quell'angolo, purché mi lasci qua –. Egli scosse piú volte il capo, e intanto seguitava a spogliarsi sforzandosi di non guardare alla finestra, mentre gli occhi di Antonia s'ingrandivano per l'adorazione e la meraviglia: – Come sei giovane! – ripeté in una sommessa estasi. Di colore chiaro e fresco, di gentili forme allungate, il corpo di lui stava nella quieta luce notturna come un fiore nell'acqua di un lago. Certo non fu mai visto un cosí amoroso fiore; ma nell'abbassare gli occhi, Antonia rabbrividendo si accorse che le due caviglie erano strette da grosse e pesanti catene di ferro. Un tempo queste due catene dovevano essere saldate l'una all'altra, ancora si scorgeva il punto in cui l'anello era stato spezzato: – Ma tu sei... – ella cominciò piena di paura.

L'altro arrossí violentemente, invaso dall'angoscia: – Zitta! – la interruppe con un gesto impaziente, e, con un grido di sgomento fanciullesco, avvilito cercò di nascondersi nel buio. Anche questa volta, ella provò un rimorso oscuro e atroce: – Perdonami, – supplicò pietosamente. Allora egli si accostò, in un sorriso confuso pieno di mitezza, e le prese la mano: – Vuoi, – propose, incerto, – che andiamo a letto? Vuoi... dormire?

– Sí, – ella disse. E insieme si distesero. E Antonia, che come un rifugio cercava il petto di lui, fu incantata dal profumo della sua pelle; essa odorava d'infanzia e di giardino, come le erbe che nascono. Specie nella gola, tale odore si faceva ancora piú tiepido e ingenuo: – Mi piace tanto, – ella disse con un timido sospiro, – di riposare vicino alla tua spalla. C'è un profumo piú buono dei fiori. Non credevo che un simile profumo potesse esistere. Lasciami riposare un poco –. E la sua faccia si annidò sotto il mento di lui. – Dormi, andiamo! – egli le disse, – oppure fingi di dormire. Intanto io ti accarezzo con la bocca. Fa' come se dormissi, come se fossi inanimata –. Ella chiuse gli occhi, e giacque ferma, raccogliendo in sé tutti i suoi spiriti, e trepidando si lasciava toccare sul viso dalla bocca dell'altro, che ancora scottava di febbre. Ogni tanto egli si fermava, forse per guardarla, e aveva un affettuoso e sommesso ridere. Ed ella pensava: «Oh, mio caro!» Ma se appena lei levava le palpebre, infuriandosi lui scuoteva il volto deluso, e la esortava ansiosamente a dormire. Cosí giacendo, Antonia sentí quella carezza attenuarsi via via, diventando una minima blandizie, quasi appena l'alitare di un fiato; e poi perdersi del tutto in uno stanco respiro. Finalmente osò aprire gli occhi, e vide che il suo ospite si era addormentato; e allora si accorse che quel viso, di cui nessuno potrebbe esser piú giovane, appariva alla luce tutto umiliato, quasi da percosse. E dal mento al pallore della fronte, l'ostinazione e il fiammeggiare di un empio orgoglio erano vinti dai segni di una stanchezza sconsolata, di un pianto irrimediabile. Quel fanciullo faceva davvero pensare ad un insetto luminoso a cui bruciarono il lume, e che batte cieco da un'ombra all'altra.

Antonia rimase a mirarlo, intenta e smarrita, studiando uno ad uno, con impegno estremo, quei solchi astrusi e tragici. Poi, pensando, scese in silenzio dal letto e si accostò alla finestra; e volgendo il viso per non guardare di fuori, ne chiuse ermeticamente gli sportelli. Alquanto sollevata, si aggirò ancora in punta di piedi nella stanzuccia, ripiegando con cura sulla sedia gli abiti sparsi; ma nel momento di insinuarsi nuovamente sotto le lenzuola, fu punta da un penoso sospetto. Credette, cioè, d'indovinare perché il suo compagno desiderava che lei dormisse; forse lui voleva, di nascosto, nella notte, alzarsi e lasciarla per sempre. E lei, al risveglio, sarebbe rimasta come prima, sola.

Allora, con un piccolo e selvaggio sorriso, preso un capo dello spago che le legava la treccia, Antonia lo annodò attorno al polso inerte dell'altro. Con un simile accorgimento, sarebbe stata avvertita, anche nel sonno, di ogni movimento di lui. Ora poteva addormentarsi in pace, e già infatti con un dolce murmure risaliva lungo un sonno che era come una vertiginosa, girante scala. E al piede, laggiú, si vedeva Suor Maria Lucilla, con la faccia tutta stravolta, che singhiozzava, versando compunta lagrime grosse come acini d'uva. E cuciva pianete.

Il gioco segreto

Sulla piazza era sempre ferma una buffa e antiquata carrozza da nolo che nessuno mai noleggiava. Il cocchiere assopito si scuoteva ogni tanto al rintoccare delle ore dal campanile e poi riabbassava il mento sul petto. Nell'angolo, presso il palazzo giallo sbiadito del Municipio, c'era una fontana nella quale un filo d'acqua colava da una strana faccia di marmo. Capelli grossi e cilindrici si torcevano come serpi intorno a questa faccia e gli occhi sporgenti e senza pupille avevano uno sguardo morto.

Da quasi tre secoli un palazzo sorgeva sulla parte opposta, di fronte al Municipio. Era una casa patrizia in rovina, una volta pomposa, ora disfatta e squallida. La facciata carica di ornamenti, resa grigia dal tempo, mostrava i segni dello sfacelo. I putti librati a guardia della soglia erano corrosi e sudici, i festoni di marmo perdevano i fiori e le foglie e il portale chiuso mostrava macchie di muffa. Pure, la casa era abitata; ma i proprietari, eredi di un nome illustre e decaduto, si mostravano di rado. Solo qualche volta ricevevano in visita il prete o il medico, e, ad intervalli di anni, parenti piovuti da lontane città, che ripartivano presto.

Nell'interno del palazzo si seguivano grandi sale vuote in cui, nei ventosi giorni di tempesta, entravano dai vetri rotti mulinando la polvere e la pioggia. Dalle pareti pendevano lembi strappati di tappezzerie, avanzi di arazzi logori, e nei soffitti, fra nuvole gonfie e smaglianti, navigavano cigni e angioli nudi, e donne splendide si affacciavano entro ghirlande di fiori e di frutti. Alcune sale erano affrescate di avventure e di storie, e vi abitavano popoli regali, che montavano cammelli o giocavano in folti giardini, fra scimmie e falchi.

La casa guardava su due lati in vie spopolate ed anguste e sul terzo in un giardino chiuso, una specie di prigione dall'alta muraglia in cui intristivano poche piante di lauro e di arancio. Per l'assenza del giardiniere, ortiche selvagge avevano invaso quel breve spazio, e sui muri nascevano erbe dai fiori azzurrastri e patiti.

La famiglia dei Marchesi, proprietaria del palazzo, lasciava disabitate quasi tutte le stanze, e si era ridotta in un piccolo appartamento al secondo piano, fornito di mobili vetusti, da cui si udiva, nel silenzio della notte, il lamento fievole dei tarli. La marchesa e il marchese, di aspetto insignificante e meschino, avevano nei tratti quella triste somiglianza che sopravviene talvolta per mimetismo dopo una convivenza di anni. Magri ed appassiti, con le labbra pallide e le guance spioventi, si muovevano con gesti simili a quelli delle marionette. Forse fluiva nelle loro vene, al posto del sangue, una sostanza pigra e gialliccia, e un'unica forza reggeva i loro fili, l'autorità per l'una, e la paura per l'altro. Infatti il marchese era stato un tempo un nobile di provincia spensierato e gioviale, preoccupato soltanto di dar fondo in qualche modo agli ultimi resti del patrimonio. Ma la marchesa lo aveva educato. L'umanità ideale, nel concetto di lei, doveva guardarsi dal ridere e dal parlare a voce alta, e sopratutto doveva scrupolosamente nascondere agli altri le proprie debolezze segrete. Secondo i suoi dettami, era delitto torcer le labbra, agitarsi, soffiarsi il naso con energia; e il marchese, timoroso di deviare nei gesti e rumori illeciti, evitava da tempo qualsiasi gesto e rumore, riducendosi a una specie di mummia dagli occhi mansueti e dalla testa china. Tuttavia non evitava le strapazzate e i rimbrotti. Educatissima e pungente, ella lo colpiva spesso con rimproveri diretti, o con allusioni a certi personaggi innominati, degni solo d'infamia. Costoro, diceva, ignari della loro stessa volontà, ed incapaci di educare i propri figli, trascinerebbero la casa alla rovina, se la Grazia non li avesse forniti di una Moglie. E l'uomo sopportava senza batter palpebra tali torture, fino all'ora in cui, con in tasca i pochi spiccioli concessi dall'Amministratrice severa, usciva per il passeggio. Forse nella solitudine delle straducole campestri, si abbandonava a gesti eccessivi, a cavatine, e a tuonanti soffiate di naso; certo, quando tornava, aveva una strana luce negli occhi e questa rivelazione involontaria di un suo divertente e maleducato mondo interiore destava sospetti nella marchesa. Per tutta la sera ella lo incalzava con domande sempre piú avvilenti e raffinate allo scopo di strappargli rivelazioni compromettenti. E il poveretto col tossicchiare, il balbettare e l'arrossire si comprometteva sempre piú, cosí che la marchesa iniziò uno scrupoloso e rigido controllo sul marito, e decise spesso di accompagnarlo al passeggio. Egli, rassegnato, si sottomise; ma la fiamma nei suoi occhietti divenne ossessionante e fissa, e non piú di allegria.

Da tali genitori erano nati i tre fanciulli; e per loro, nei primi anni, il mondo era fatto a immagine e somiglianza di essi. Gli altri personaggi del paese non erano che parvenze vaghe, mocciosi antipatici e maligni, donne dalle pesanti calze nere e dai capelli lunghi e oleosi, vecchi religiosi e tristi. Tutte queste parvenze malvestite erravano sui brevi ponti, nelle viuzze e nella piazza. I tre fanciulli odiavano il paese; quando uscivano in fila, con Punico servo, passando di striscio lungo i muri, avevano sguardi biechi e sprezzanti. I ragazzi del luogo se ne vendicavano beffandoli e destando in loro un cupo terrore.

Il servo era un uomo alto e volgare, con polsi pelosi, narici larghe e rossastre e piccoli occhi mutevoli. Egli si ripagava della soggezione in cui era tenuto dalla marchesa trattando i fanciulli come un padrone; quando li accompagnava, dondolando leggermente le anche e guardandoli dall'alto, o li richiamava con voci secche, essi tremavano per l'odio. Ma anche nella strada li seguivano le brevi ammonizioni materne; avanzavano ordinati, silenziosi ed austeri.

Quasi sempre, la passeggiata si arrestava alla chiesa, in cui si entrava fra due colonne sorrette da una coppia di leoni massicci e d'espressione tranquilla. In alto, un ampio rosone lasciava entrare nella nave una luce illividita, fresca, in cui le fiamme delle candele si agitavano vagamente. Nell'abside si vedeva un grande corpo di Cristo, dalle piaghe grondanti un sangue viola, e intorno figure che gesticolavano e si abbattevano con movimenti pesanti.

I tre fanciulli compunti si ponevano in ginocchio e giungevano le mani.

Antonietta, la maggiore, quantunque avesse già compiuto i diciassette anni, aveva il corpo e l'abito di una bambina. Era magra e sgraziata, e i suoi capelli lisci, non essendo il lavarli frequente abitudine del palazzo, emanavano sempre un lieve odore di topo. Erano divisi da una scriminatura nel mezzo, e questa scriminatura, sulla nuca, si scorgeva netta, fra i capelli piú corti e piú fini, e ispirava la protezione e la pena. Il naso di questa ragazza era lungo, curvo e sensibile, e le sue labbra sottili palpitavano nel parlare. Nel viso pallido e scarno gli occhi si muovevano con nervosa passione, salvo in presenza della marchesa, ché allora si mantenevano opachi e bassi.

Ella portava le trecce sulle spalle e un grembiule nero cosí corto che, se si piegava troppo vivacemente, si scorgevano le sue mutande di tela, strette e lunghe fin quasi al ginocchio, adorne di una fettuccia rossa; il grembiule si apriva di dietro, sulla sottoveste col merletto. Le calze nere erano fermate da un semplice elastico, attorcigliato e logoro.

Pietro, il secondo, sui sedici anni, era un mansueto. Muoveva con lentezza il corpo piccolo e tozzo e gli occhi dalle luci discrete sotto le sopracciglia spesse. Aveva un sorriso buono e domestico e la sua dipendenza dagli altri due appariva al primo sguardo.

Giovanni, il minore, era il piú brutto della famiglia. Il suo corpo misero, come nato vecchio, pareva già troppo avvizzito per crescere; ma i suoi occhi lucenti e mobili rassomigliavano a quelli della sorella. Dopo brevi periodi di vivacità nervosa cadeva in subite prostrazioni, a cui sopravveniva la febbre. Di lui il medico diceva: Non credo che passi il tempo dello sviluppo.

Quando la sua febbre lo coglieva, inspiegabile e bizzarra, lo percorrevano brividi simili a scosse elettriche. Sapeva che questo era il segno e aspettava, con le labbra stirate e gli occhi dilatati, l'avanzarsi del male. Per lunghi giorni gli incubi erravano intorno al suo letto in un continuo ronzio, e una noia informe gli pesava addosso, dentro un'atmosfera fumosa. Poi veniva la convalescenza ed egli, troppo debole per muoversi, si rannicchiava in una poltrona e batteva con le dita, in cadenza, i braccioli. Allora pensava. Oppure leggeva.

La marchesa, occupata nelle sue funzioni di economa, non sorvegliava troppo l'educazione e l'istruzione dei fanciulli. Le bastava che tacessero e non si muovessero. Giovanni ebbe cosí modo di leggere strani libri scovati qua e là, in cui si agitavano personaggi in abiti non mai visti: ampio cappello, giustacuore di velluto, spade e parrucche, e per le dame, vesti fantastiche, adorne di gemme, e reti intessute d'oro.

Tali esseri parlavano un linguaggio alato, che sapeva toccare altezze e precipizi, dolce nell'amore, feroce nell'ira e vivevano avventure e sogni su cui il fanciullo fantasticava lungamente. Egli partecipò ai fratelli la sua scoperta e, tutti e tre, credettero di identificare le persone dei libri con le figure che popolavano i muri e i soffitti del palazzo e che, vive da tempo in loro, ma nascoste nei sotterranei della loro infanzia, ora tornavano alla luce. Presto vi fu tra i fratelli un'intesa nascosta. Quando nessuno poteva udirli, essi parlavano delle loro creature, le smontavano e le ricostruivano, ne discutevano fino a farle vivere e respirare in loro. Odii e amori profondi li legarono a questa e a quella, e spesso avveniva che la notte i tre rimanessero desti per dialogare fra loro con *quelle* parole. Antonietta dormiva da sola in uno stanzino comunicante con la camera dei fratelli; la camera dei genitori era separata dalla loro da una vasta sala, parlatorio o tinello. Nessuno dunque li udiva se, ciascuno dal suo letto, dialogavano, impersonando le figure amate.

Erano discorsi deliziosi e nuovi.

– Leblanc, cavaliere Leblanc, – bisbigliava dal letto di destra la voce un po' rauca di Giovanni, – avete affilato le lucenti spade per il duello? L'alba sanguinosa sorgerà ben presto, e voi sapete, cavaliere, che il fiero Lord Arturo non conosce umana pietà né trema dinanzi alla morte.

– Ahimè, fratel mio, – gemeva la voce lamentevole d'Antonietta, – già già sono apprestate le candide bende e i profumati unguenti. Voglia il Cielo che essi servano ad ungere il cadavere del vostro nemico.

– L'alba sanguigna, l'alba sanguigna, – borbottava Pietro, meno ricco di fantasia e sempre un po' sonnolento. Ma Giovanni lo interrompeva subito, suggerendogli le parole:

– Tu, – diceva, – devi rispondere che impavido affronterai il pericolo e che non sarà un conte Arturo colui che potrà farti arretrare né peraltro un tal uomo è ancor nato.

Fu cosí che i tre fanciulli scoprirono il teatro.

I loro personaggi uscirono del tutto dalla nebbia dell'invenzione, con suono d'armi e fruscio di vesti. Acquistarono un corpo di carne ed una voce, e per i fanciulli cominciò una doppia vita. Appena la marchesa si ritirava nella sua camera, il servo in cucina, e il marchese usciva per la sua passeggiata, ciascuno dei tre si trasformava nella propria parte. Col cuore balzante, Antonietta chiudeva i due battenti dell'uscio, e diventava la Principessa Isabella; Roberto, innamorato di Isabella, era impersonato da Giovanni. Soltanto Pietro non aveva una parte determinata, figurando ora il rivale, ora il servo, ora il capitano di un bastimento. Cosí viva era la forza della finzione, che ciascuno dimenticava la propria persona reale; spesso, nelle lunghe sedute di noia sorvegliate dalla marchesa, quel meraviglioso segreto troppo compresso sprizzava da loro in occhiate furtive e brillanti: «Piú tardi, – significavano, – faremo *il gioco*». La sera, al buio, le creature del gioco popolavano la loro solitudine, sotto le lenzuola, e gli avvenimenti che si sarebbero svolti domani prendevano forma; essi ne sorridevano fra sé, oppure, se la scena era violenta o tragica, stringevano il pugno.

In primavera, anche il giardino-carcere acquistava una vita fittizia. Nell'angolo assolato il gatto striato di rosso fremeva lungamente chiudendo gli occhi verdastri. Strani odori subitanei e viventi parevano scoppiare qua e là, da un cespuglio o da un cumulo di terra. Fiori ammalati d'ombra si aprivano e cadevano in silenzio, e i petali macerati si accumulavano fra i sassi; gli odori attiravano farfalle pigre, che lasciavano cadere il polline.

A sera, scendevano spesso piogge tiepide e sorde, e inumidivano appena la terra. Succedeva a queste un vento basso, grave anch'esso di odori che vagavano attraverso la notte. Il marchese e la marchesa, dopo colazione, si addormentavano sulla sedia; i dialoghi dei paesani, al tramonto, parevano complotti.

Il gioco segreto era diventato una specie di congiura, che si svolgeva in un pianeta favoloso e lontano, noto soltanto ai tre fratelli. Presi dall'incantamento, essi non dormivano la notte per ripensarlo. Una notte la veglia fu piú lunga; Isabella e Roberto, gli amanti contrastati, dovevano accordarsi per una fuga, e i fanciulli smaniavano nei loro letti per riflettere e risolversi in tali circostanze gravi. Finalmente i due maschi si assopirono, e i volti dei personaggi inventati vaneggiarono un poco sotto le loro palpebre, fra accensioni e oscurità, finché si spensero.

Ma Antonietta non riuscí a dormire. A volte le pareva di udire un lagno rauco e lungo nella notte, e tendeva l'orecchio, all'erta. A volte rumori strani nelle soffitte rompevano con un sussulto la commedia che ella continuava a vivere nell'inventarla, col capo sotto il lenzuolo. Infine scese dal letto; entrò cauta nella camera dei fratelli e li chiamò a voce bassa.

Giovanni, che aveva il sonno leggero, balzò a sedere sul letto. La sorella aveva indossato sulla camicia da notte, che le arrivava appena al ginocchio, un logoro cappottino di lana nera. I suoi capelli lisci, non molto fitti né lunghi, erano sciolti, i suoi occhi brillavano fra oblique ombre nere al lume di una candela che ella teneva stretta fra le due mani.

– Sveglia Pietro, – disse curvandosi sul letto del fratello con una sollecitudine impaziente e febbrile. In quel momento nel letto vicino Pietro si scuoteva e schiudeva gli occhi insonnoliti. – È per il gioco, – ella spiegò.

Pigramente, piuttosto di malavoglia, Pietro si rizzò sul gomito: ambedue i ragazzi guardavano la sorella, il maggiore con aria distratta e inebetita, l'altro, già curioso, sporgendo il volto dai tratti vecchi e puerili verso la fiamma.

– È accaduto, – cominciò Antonietta con fervore frettoloso, come chi parli di un evento improvviso e grave, – che durante la partita di caccia Roberto ha scritto un biglietto e lo ha nascosto nel cavo di un tronco. Il levriere di Isabella per un miracolo corre a quel tronco e torna col biglietto in bocca. «Fingi di smarrirti», c'è scritto, «e trovati appena fa buio nel bosco che circonda il castello di Challant. Di là fuggiremo». Cosí, mentre tutti inseguono la volpe, *io* scappo e incontro Roberto. E il vento soffia, e lui mi fa salire sul suo cavallo, e fuggiamo nella notte. Ma i cavalieri si accorgono della nostra assenza e ci inseguono suonando le trombe.

– Facciamo che li trovano? – chiese Giovanni con gli occhi mobili e curiosi nella luce rossastra.

La sorella non poteva rimaner ferma, gestiva con ambedue le mani, cosí che la fiamma della candela oscillava in un disordine di esili baleni e di ombre enormi:

– Non si sa ancora, – rispose. – Perché, – aggiunse con un ridere misterioso e trionfante, – noi ora andiamo nella sala della caccia a fare il gioco.

– Nella sala della caccia! Non è possibile! – disse Pietro scuotendo il capo. – Tu scherzi! Di notte! Ci udiranno e ci scopriranno. Cosí tutto sarà finito –. Ma gli altri due gli furono contro indignati:

– Non ti vergogni? – dissero. – Che paura!

In un deciso tentativo di ribellione, Pietro si distese nuovamente nel letto:

– Io non vengo, no, – disse. Antonietta allora diventò supplichevole:

– Non rovinare tutto, – pregò, – tu devi fare i cacciatori e le trombe. – In tal modo vinse l'ultima resistenza di Pietro che si risolvette ad alzarsi. Egli indossava, come il fratello, una consunta camicia di flanella su cui si infilò i pantaloni corti. Antonietta aperse con circospezione l'uscio che dava sulla scala:

– Prendete anche la vostra candela, – avvertí a voce bassissima, – non ci sono lampade, là.

E i tre si avviarono, in fila, per la scala piuttosto stretta di un marmo sudicio e opaco. La «sala della caccia», era al primo piano, subito dopo la gradinata. Era una delle stanze piú vaste del palazzo e l'abbandono che rendeva squallide le altre stanze qui era animato dagli ampi scenari affrescati sulle pareti e sul soffitto. Rappresentavano scene di caccia, contro un paesaggio rupestre su cui crescevano alberi irti ed oscuri. Una moltitudine di levrieri, col muso in avanti e tese le zampe posteriori, correva dovunque in rapida fuga, mentre i cavalli balzavano in alto o procedevano solenni, nelle loro gualdrappe rosse e dorate. I cacciatori in abiti bizzarri di sete e velluti, squamati come la pelle dei pesci, con cappelli alti dalle lunghe piume o tricorni verdi, camminavano o marciavano dando fiato alle trombe. Lunghi nastri pendevano sventolando dalle trombe, drappi gialli e rossi sbattevano sul cielo ormai torbido, e dalla rupe spuntavano piante dalle foglie aguzze, e fiori aperti e rigidi, simili a pietre. Tutto questo era ingoiato dall'oscurità. Le candele, con le loro luci esigue per la vastità della sala, scoprivano qua e là i colori vivi delle selle o i dorsi bianchi dei cavalli. Le ombre dei fanciulli oscillavano gigantesche sulle pareti con gesti ingranditi e passi da fantasma.

Essi chiusero gli usci. Il dramma incominciò.

Il silenzio della notte era enorme; il vento si era

fermato affinché gli alberi del bosco non stormissero. Antonietta era in piedi presso un albero dipinto nel quale d'improvviso cominciò a correre la linfa. Uccelli addormentati ma vivi giacquero fra le foglie. E su lei per miracolo crebbe una veste lunga, di forma sontuosa e vegetale, da cui pendeva una borsa d'oro. I suoi capelli si divisero in due trecce bionde, e le sue pupille si dilatarono per il rapimento e la paura.

– Coraggio, mio bene, sono qua io, qua, vicino a te, – sussurrò l'altro, mutandosi in gagliardo cavaliere. Il suo viso tenero e faunesco si sporgeva nell'oscurità. – Roberto! – ella disse con un debole strido, – Roberto! Stringimi, amore!

Una grazia subitanea affiorava in lei. I suoi denti e i suoi occhi brillavano di grazia, nel suo collo incurvato e nelle sue labbra si annidava la grazia. Ella si piegò, poggiando sul pavimento le ginocchia nude. – Che fai, mia sposa? – egli disse. – Alzati.

Lei trasaliva. – Tu sei venuto, – sussurrò quasi gemendo, – e non è piú notte, non ho piú paura. Finalmente sono vicina a te! Sono come dentro una fortezza, come dentro un nido. Tu sapessi che tristezza, e come piangevo in queste notti solitarie! E tu, mio cuore, che cosa facevi in queste notti?

– Erravo, – egli disse, – sul mio cavallo, pensando al modo di rapirti. Ma non ricordare, mia diletta, il tempo della solitudine. Ora tutto è passato. Nessuna forza potrà separarci. Siamo uniti per l'eternità.

– Per l'eternità! – ella ripeté smarrita. Sorrideva con le palpebre abbassate, e sospirava e tremava. D'improvviso ebbe un sussulto, e si strinse a lui: – Non ti sembra, – disse, – di udire come un suono di tromba in lontananza?

Roberto tese l'orecchio. – Devo suonare le trombe? – interrogò Pietro accostandosi. Era la sua specialità. Egli sapeva imitare il suono degli strumenti da fiato e le voci degli animali e nel far questo le sue gote si gonfiavano in modo strambo e mostruoso.

– Sí, – bisbigliarono gli altri due.

Un suono di tromba, roco e basso, che via via diventava piú vicino e squillante, si udí nel fondo. Nella foresta il vento si levò; una folata trascinò le chiome degli alberi come drappi di bandiere. I cavalli balzarono, i cavalieri si scossero sulle groppe, i falchi girarono nell'aria sibilante. I levrieri si gettarono nelle tenebre, e i cavalieri soffiando nei corni e gridando:

– Olà! Olà! – corsero innanzi fra le fiaccole che segnavano strisce e cerchi di fumo.

Isabella emise un grido, e rovesciò la testa indietro, aggrappandosi a Roberto:

– Mia Regina! – questi esclamò. – Nessuno ti strapperà da queste braccia! Lo giuro. E con questo bacio suggello il giuramento. Ora, avanzatevi! Avanzatevi, se ne avete il coraggio!

I due fanciulli si baciarono sulle labbra, Giovanni ingrandiva. Con gli zigomi arrossati e le tempie che battevano, si stringeva alla sorella. E questa, i capelli scomposti, la bocca bruciante, iniziò un ballo frenetico. – Venite, cavalieri e cavalli! – gridavano intanto. E Pietro saltava in qua e in là, ondeggiando sul corpo tozzo ed enfiando le gote, simile ad un grosso zufolo.

In quel momento, la tragedia e il tripudio si interruppero. Gli alberi e i cavalieri si irrigidirono, senza piú dimensioni, e un silenzio polveroso entrò nella stanza. Alla luce delle candele non c'erano piú che tre brutti fanciulli.

L'uscio si apriva. La marchesa, ispirata, aveva deciso improvvisamente una visita notturna nella camera dei figli, e le sue ricerche l'avevano condotta infine alla sala della caccia: – Che cos'è questa commedia? – esclamò con voce squillante e stupida. Ed entrò, reggendo un alto candeliere, seguita dal marchese.

Le loro ombre grottesche strisciarono lunghe sulla parete di faccia. Il mento e il naso aguzzo, le dita secche, e la treccia oscillante della marchesa, appuntata in cima al cranio, si scuotevano debolmente in quella luce ora piú chiara, e la figura piccola ed umile del marchese restava indietro, immobile. Egli indossava una logora veste da camera a strisce gialle e rosse che lo faceva rassomigliare ad uno scarabeo, e i pochi capelli grigi, che ungeva sempre di una sua pomata, ritti sulla testa, gli davano l'espressione del terrore. Se ne stava lí guardingo, come pauroso d'inciampare, e velava con la palma distesa la fiamma del lume.

La marchesa girò sui figli uno sguardo acuto che li gelò; poi si volse alla figlia, con le sopracciglia sollevate e un ironico e sprezzante sorriso.

– Ma guardala! – esclamò, – carina! Oh, cara, cara! – e, fatta d'improvviso rabbiosa e pugnace, seguitò con tono piú alto: – Dovreste vergognarvi, Antonia! Mi spiegherete...

I fanciulli tacevano; ma mentre i due fratelli rimanevano confusi ad occhi bassi, Antonietta, rincantucciata presso il suo albero ora ucciso, fissava la madre con occhi smarriti e aperti, simile ad una giovane quaglia sorpresa dallo sparviero. Poi il suo viso pallidissimo, dalle labbra sbiancate, si sparse di un rossore disordinato e violento, che coprí la sua pelle di chiazze oscure. Le sue labbra tremarono, ed ella si agitò un attimo sperduta, sopraffatta da una dolorosa e indomabile vergogna. Si ritraeva sempre piú nel suo angolo, come paurosa che qualcuno volesse toccarla e frugarla.

I due fratelli sbigottirono alla scena che seguí. La sorella cadde ad un tratto in ginocchio, e credettero che volesse chiedere perdono: invece ella si coprí la faccia infuocata con le mani, e cominciò a scuotersi bizzarramente in un rauco e febbrile ridere, che presto diventò un pianto rabbioso. Si scoprí la faccia convulsa, e, distesa a terra con le gambe irrigidite, prese a strapparsi, con un gesto puerile e continuo, i suoi capelli sciolti.

– Antonietta! Che cosa succede? – esclamò il marchese esterrefatto. – Taci tu! – ordinò la marchesa, e, poiché la figlia nell'agitarsi aveva scoperto le sue gambe esili e bianche, torse il capo con ribrezzo.

– Alzatevi, Antonietta, – comandò. Ma la sua voce esasperò la figlia, che parve posseduta dalle furie; era la gelosia del suo segreto che la squassava. Muti, i fratelli si scostarono, ed ella rimase sola nel mezzo, scrollando la testa come se volesse staccarla dal collo, gemendo con gesti scomposti e impudichi. – Aiutatemi a sollevarla, – disse infine la marchesa, e, appena i genitori la toccarono, Antonietta cessò ogni moto, sfinita. Sorretta per le ascelle, si avanzava senza coscienza su per la scala dalle luci fioche; i suoi occhi erano asciutti e fissi, sulle labbra aveva la schiuma dell'ira, e il suo gridare aveva ceduto ad un lamento soffocato e interrotto, ma pieno d'odio. Ella continuò a lamentarsi in tal modo anche nel suo letto in cui la fecero distendere; e la lasciarono sola.

Nella camera vicina i fratelli non potevano impedirsi di tendere l'orecchio a quel lamento che li distoglieva anche dal pensiero del segreto violato. Poi Pietro fu sopraffatto da un sonno privo di sogni, e Giovanni rimase solo a vegliare in quell'oscurità. Senza pace si rivoltava ora su un fianco ora sull'altro, finché si decise e, lasciato il letto, entrò a piedi nudi nella camera della sorella. Era una camera angusta, oblunga, in cui si respirava l'aria dell'infanzia, ma di un'infanzia repressa di collegio. Il soffitto era adorno di una figurina scolorita: una donna snella, vestita di veli arancione, che danzando tendeva le braccia verso un vaso dipinto. Le pareti erano macchiate e squallide, un paio di vecchie babbucce rosse era posto accanto al letto di legno, e sulla parete un angelo dalle ali distese reggeva un'acquasantiera. La lampada della notte era accesa e spandeva sul letto un alone azzurrastro e fievole:

– Antonietta! – chiamò Giovanni. – Sono io...

La sorella parve non accorgersi del richiamo, quantunque i suoi occhi fossero aperti e pieni di lagrime; giaceva immersa nel suo lagno infantile, con le labbra contratte e tremolanti, e non si mosse; piano piano i suoi occhi si andavano chiudendo, e le ciglia umide apparivano lunghe e raggiate. A un tratto come scuotendosi ella chiamò:

– Roberto! – e questo nome e l'acuta dolcezza della voce piena di rimpianto sbigottirono il fratello.

– Antonietta! – ripeté. – Sono io, tuo fratello Giovanni!

– Roberto, – ella ripeté a voce piú bassa. Ora, calmandosi, pareva raccolta in se stessa e attenta, come chi segue cauto le orme di un sogno. In silenzio, il fratello avvertí anch'egli la presenza di Roberto nella camera; alto, un po' spaccone, col giustacuore di velluto nero, l'arma arabescata e le fibbie d'argento, Roberto era in piedi fra loro due.

Antonietta pareva ormai tranquilla e addormentata; egli uscí nel corridoio. Qui lo avvolse il silenzio della casa, un silenzio rinchiuso e nello stesso tempo senza limiti, come quello dei sepolcri. Il soffocamento e la nausea lo presero alla gola, cosí che si accostò all'ampia finestra della scala e aprí i vetri. Udiva nella notte leggeri tonfi, come di corpi molli che cadessero sulla sabbia del giardino; vivo e sensibile gli apparve lo spazio di là dal giardino, e il bisogno della fuga, avvertito già altre volte, seppure chimerico e vago, lo afferrò ora subitaneo e irresistibile.

Senza pensare, quasi inerte, tornò nella sua camera e si infilò i panni al buio. Con le scarpe in mano discese la scala, e il cigolio del portone richiuso dietro di lui lo atterrí, e insieme lo deliziò come un canto:

– Addio, Antonietta, – disse piano. Pensava che mai piú avrebbe rivisto Antonietta, mai piú la casa e la piazza; doveva soltanto camminare diritto innanzi perché tutto ciò non esistesse piú.

Sulla piazza vuota si udiva il rauco gocciare della fontana ed egli si volse dall'altro lato, distogliendo lo sguardo da quella fredda e trista faccia di marmo. Percorse le strade note, finché cominciarono i viottoli campestri e poi i campi aperti. Il grano già alto e verde cresceva a destra e a sinistra, nel fondo le montagne parevano una nuvolaglia indistinta, e la notte avanzata, come esausta, respirava umida e ferma sotto i lumi pungenti delle stelle. «Arriverò a quella catena di monti, – egli pensò, – e poi al mare». Non aveva mai visto il mare, e il rombo illusorio e cupo di una conchiglia che spesso da bimbo accostava per giuoco all'orecchio ritornò a lui, ma vivente ora e ripercosso intorno, cosí che invece dei campi gli parve di avere ai lati due stese di acque tranquille in continuo risucchio. Dopo qualche tempo, pensò di aver molto camminato, mentre si era di poco allontanato dal suo borgo. Sfinito volle riposarsi al piede di un albero dal tronco liscio e dalla chioma ampia e divisa in due lunghe ramificazioni simili ai due bracci di una croce.

Aveva appena appoggiato il capo alla corteccia quando avvertí un brivido: «Il male», pensò atterrito e insieme calmo. La febbre infatti entrava in lui, scavava con le radici infuocate e torbide nel suo corpo già troppo debole per rialzarsi. Subito la sua vista divenne acuta, cosí che egli distingueva ora il brulichio degli animali notturni che gli facevano cerchio d'intorno, e vedeva il battere e lo spegnersi dei loro occhi simili a fuochi appannati.

Ammiccavano, li riconosceva tutti, e forse avrebbe potuto chiamarli uno per uno e fare ad essi le infinite domande che fin dall'infanzia si accumulavano in lui.

Ma, con una strana fretta, già la notte trasmigrava nel giorno. Sopravveniva un'alba chiara nella quale il paesaggio parve mutato in una larga città di creta, polverosa e deserta, sparsa di capanne simili a cumuli di terra, e di tozze colonne. In questa città, dalla parte del sole, apparve Isabella, grande sul cielo come una nuvola, con la veste uguale al calice di un fiore rosso. Ella gli veniva incontro, sebbene i suoi piedi fossero immobili. Le sue spalle nude si rilasciavano per la stanchezza, mentre la sua bocca chiusa pareva sorridere, e i suoi occhi vitrei e fermi lo fissavano per farlo dormire.

Egli docile si addormentò: e a giorno fatto, fu proprio l'odiato servo che lo ritrovò e lo portò a casa fra le sue braccia volgari. Come tante altre volte, Giovanni giaceva nel suo letto per giornate inconsapevoli di esser vissute, sua sorella Antonietta lo vegliava. Ella stava lí pigra e tranquilla, qualche volta cucendo, spesso in ozio. Guardava il fratello che vaneggiava nei suoi mondi rossi e infuocati, e di tanto in tanto gli porgeva l'acqua. Stava seduta là, col suo grembiule e la pettinatura liscia, simile ad una serva di convento.

Le sue labbra parevano bruciate.

Il compagno

Ero un ragazzo di tredici anni, scolaro di ginnasio: fra tanti miei compagni né belli né brutti, ce n'era uno bellissimo. Egli era troppo ribelle e pigro per essere il primo della classe; ma, tutti lo vedevano, il minimo sforzo gli sarebbe bastato per diventarlo. Nessuna delle nostre intelligenze si rivelava, come la sua, limpida e felice. Il primo della classe ero io; avevo l'indole poetica e, pensando al compagno, mi veniva fatto di chiamarlo *Arcangelo*.

A rievocarlo con questo nome, rivedo i suoi capelli dorati e piuttosto lunghi, la curva delle sue guance che si accordava cosí gentilmente con quella delle sue labbra, l'orgogliosa luce degli occhi. Risento perfino la sua risata piena d'infantile abbandono: simile ad un'acqua rimasta limpida attraverso tutti questi anni.

Il compagno era cosí viziato dalla natura, che nessuno di noi dubitava lo fosse anche dalla fortuna. La sua superbia era legittima, certo egli era il piú ricco di noi tutti. Aveva i capelli ben pettinati, graziose cravattine, e i libri di scuola rilegati con un bel cartone rosso lucido. Nessuno di noi si presumeva degno di esser ammesso alla sua casa; che, senza averla vista, ci figuravamo regale.

Tutti i giorni veniva a prenderlo una donna che, a quanto egli stesso ci disse, era la sua serva. Alta e riservata, superba si sarebbe detto, ella aveva le guance pallide, le palpebre sbattute di chi dorme poco la notte, e un treccia cosí splendida e pesante da parer d'oro massiccio: raccolta in crocchia sulla nuca, secondo il costume delle popolane.

I due si scambiavano un sorriso; in cui vedo oggi una complicità; poi la donna, con l'umile sollecitudine di una serva appunto, prendeva la cartella dalle mani del compagno. E se ne andavano insieme verso quella dimora mai vista, su cui fantasticavo.

Sebbene io fossi il primo della classe, e non lui, mi empivo di fierezza quand'egli mi chiamava col mio nome di battesimo *Augusto*, invece di chiamarmi col cognome, come faceva con gli altri scolari.

Un giorno (il compagno era stato invitato alla cattedra per essere interrogato), alcuni di noi si accorsero subito che il suo viso era diverso. C'era nei suoi occhi una specie di spavento furtivo. Pareva uno, io pensai con pietà, che nell'uscire ha lasciato a casa un ospite feroce il quale, nella sua assenza, può infuriare sulle cose amate. Alla prima domanda del professore, fissò sulla cattedra quegli occhi stupefatti; poi scoppiò in uno strano pianto. Strano perché non liberatore e spontaneo, come quello degli altri fanciulli dell'età sua; ma faticoso, amaro come quello degli adulti il cui dolore è impietrito e senza scampo. A vederlo piangere cosí, la testa ripiegata fra le braccia e agitata da sussulti, ci vinceva lo stesso angoscioso disagio che si prova a veder piangere un uomo.

La mattina dopo, sapemmo la causa di tutto questo: il compagno infatti non venne a scuola perché sua madre, malata da qualche giorno, era morta nella notte. Sapemmo pure che sua madre era proprio quella popolana che soleva aspettarlo all'uscita; certo lui si vergognava della sua povertà, e per questo aveva finto ch'ella fosse la sua serva.

Tale spregevole commedia eccitò il nostro disprezzo contro il compagno; ma, poiché lui cessò di frequentare la scuola, gli altri scolari non poterono vendicarsi. La vendetta fu riservata a me.

Il compagno, già da prima orfano di padre, non avendo altri parenti, fu raccolto per carità da uno zio bottegaio che lo mise in bottega come garzone. Non erano passati molti mesi da che aveva lasciato la scuola quando io, entrato per caso in quella bottega, lo ritrovai. Uscivo appunto dalla lezione e avevo i miei libri sotto il braccio. Egli portava un abitino troppo stretto e troppo corto; e sulle spalle piuttosto esili il suo viso infantile era cosí bello che, mio malgrado, mi venne fatto di chiamarlo fra me come prima: *Arcangelo.* Guardandomi, ebbe il sorrisetto sforzato di un fanciullo percosso che, per non darvi soddisfazione, fa finta di nulla. Ma vedendomi freddo e silenzioso al di qua del banco, forse indovinò lo sdegno che io, come tutti gli altri ragazzi, sentivo per lui. Le sue pupille si accesero di superbia, il suo sorriso diventò vittorioso e sprezzante, e, a bassa voce, mi disse: – Sgobbone.

Non so chi formò per me la frase della risposta, e la portò alle mie labbra di fanciullo. Essa riecheggia in me come estranea: pure la pronunciai: – Figlio di serva, – gli dissi. Ebbi appena il tempo, dopo questo, di vedere il suo rossore infocato e poi, subito, il suo pallore: in cui egli mi apparve cosí abbandonato e inerme nella sua viltà, che d'un tratto riebbi per lui, tutto intero, il mio fanciullesco amore di compagno. Di corsa uscii dalla bottega.

Da allora non l'ho piú rivisto né ho piú sentito parlare di lui; ma ancora oggi, malgrado il mio disprezzo, il mio sentimento per quel compagno è tale che, se lo sapessi in prigione (non so perché la mia mente si ferma su questa ipotesi come sulla piú verosimile), sarei pronto a prendere il suo posto purché lui venisse liberato.

Andurro e Esposito

La giornata

Il vecchio Andurro, che non conosceva la propria età, si svegliò nella notte alta, come sempre gli accadeva. Malgrado fosse già sveglio, non poteva però alzarsi fino alla mattina, quando sua nipote Elena veniva per aiutarlo. Da solo, era incapace di alzarsi.

Le ore d'immobilità e di silenzio, fino all'alba, scorrevano per lui senza fastidio né dolore, facili come acqua. Dalla sua camera stretta e quasi sotterranea lui non vedeva di fuori; pure avvertiva il pullulare delle stelle nell'arco celeste e il loro trascolorarsi finché pensava: «Ci siamo». E, si può dire, nello stesso istante, per le fessure trapelava la prima luce, simile nel colore ad un viso pallido e ancora sbattuto dai sogni.

Il vecchio Andurro pensò: «Fra poco verrà mia nipote Elena mentre prima veniva mia moglie Maria. Era una vecchia ancora cosí vispa, sempre a chiacchierare e arruffarsi come una gallina, quando già io non potevo fare due passi in fila. Le dicevo: "Con chi borbotterai, Gallinella, quand'io sarò sotterrato?" Invece, guarda, lei è morta, e io son qua».

Egli rise un poco e scosse la testa. In quel punto arrivò, alta, a piedi nudi, la nipote Elena. Chinando su lui gli occhi neri, che le raggiavano nella fronte come due astri, seria ed esperta lo vestí e lo aiutò a sedersi sul gradino della soglia. Non dimenticò di lasciargli la scodella della zuppa che doveva bastargli per tutto il giorno: una pappa di pane molle e d'erbe tritate, quanto esiste di meglio per un vecchio buono solo a biascicare. E senza rumore, movendo con nobilissima grazia il fianco, la nipote Elena se ne andò.

Seduto sullo scalino della soglia, il vecchio sapeva che il sole si era levato ma, nascosto dalla montagna, non si vedeva. Dai fianchi della montagna ne trapelava l'ardore, finché apparvero i raggi e il vecchio pensò per la millesima volta: «Pare lo Spirito Santo dietro la nuvola». Questo pensiero lo tenne occupato parecchio tempo; alla fine, libera, di sulla montagna si versò la meravigliosa corrente d'oro, e i vetturini uscirono per addobbare i loro cavalli e partirono fra gli schiocchi delle fruste. A tutti, Andurro gridava: – Buon viaggio! – ma essendo la sua voce impastata e roca, simile ad un brontolio di tuono, essi non lo capivano.

Alle dieci cominciava il passaggio dei signori che scendevano al mare: – Accomodatevi, signorini, – supplicava il vecchio, – salite sulla mia terrazza, che c'è il bel panorama –. Credendo che il suo scopo fosse il guadagno, i piú rifiutavano. Invece Andurro non voleva compenso, anzi offriva alle signore i garofani della sua terrazza. Non potendo lui stesso salire fin lassú, da dove appariva fino il vulcano e le isole, voleva che almeno qualcun altro godesse al suo posto. – Bello! – gridavano tutti dall'alto. E il vecchio rideva contento per l'onore.

A mezzogiorno, biascicò metà della zuppa, lasciando il resto per la cena. Per alcune ore nessuno passò, fuori dei marmocchi seminudi che si rotolavano nella polvere e di qualche asino portato alla cavezza da una bambina. Buona parte di questo tempo, il vecchio la trascorse con la testa chinata sulle ginocchia o appoggiata allo stipite. Udendo le campane pensò alla canzone «Din don, campanon, fra Simon». Anche simile canzone ebbe il potere di occupare la sua mente per lunghe ore; al modo di un suono che nasce da un punto, e attraverso una rupe, e un'altra, e un'altra, si ripercuote per amplissimo spazio.

A intervalli, la nipote Elena appariva per offrirgli i suoi servigi. Salutandola con gesto indulgente egli le gridò: – Ce l'hai il damo?

Il sole scese dalla parte del mare, ma il vecchio solo vagamente ne distingueva l'ardente cerchio. Prima che l'umidità vespertina potesse penetrargli nelle ossa, venne la solerte nipote Elena, alta e a piedi nudi; e chinando su di lui gli occhi neri, che le facevano ombra nella fronte come due rose di velluto, lo spogliò e lo mise a letto. Poi, fattogli sul viso il segno della croce, andò via.

Dalla sua camera stretta e quasi sotterranea, di nuovo il vecchio non vedeva di fuori; ma avvertiva la prima animazione delle stelle nel crepuscolo del cielo, e il loro accendersi in un punto fisso. «A quest'ora, – pensò, – mia moglie Maria quand'era viva recitava il Rosario, e cip cip, cip cip, non la finiva piú. Se Dio vuole, quella sua canzonetta sarà servita anche per me. Cosí non dovrò preoccuparmi troppo dell'anima mia. Già».

Grazie a questo pensiero che gli girava nella mente, la sera camminò facile e benigna sulla veglia del vecchio. Battevano le ore della notte, e la luna, sottile quasi quanto un filo, via via procedeva con quel suono. Quand'essa fu molto alta e quasi al declino, il vecchio Andurro si addormentò.

Il battesimo

Francesco Esposito veniva da una famiglia di anarchici e di atei: per cui, alla sua nascita, non era stato battezzato. E arrivò all'età di settantacinque anni senza sacramenti (*come le bestie*, diceva la sua compaesana Lucia). I suoi parenti erano tutti morti, era solo; e malato di arteriosclerosi, cosí che, da un momento all'altro, poteva sopravvenire la morte anche per lui. La sua sorte suscitava molte preoccupazioni nella mente di Lucia. Al mattino, dopo che suo marito, cocchiere di piazza, era partito con carrozza e cavallo, e i quattro figli grandi erano andati a scuola, lei lasciava soli per qualche minuto i tre figli piccoli, che subito ne approfittavano per rotolarsi nella polvere dello spiazzo (fra tutti i loro passatempi, il piú beato). E legatasi il fazzoletto nero sotto il mento, correva subito alla cameretta (una specie di sotterraneo stretto e lungo) che era tutta la dimora di Francesco Esposito. Quindi – simile a fringuella mattiniera che venga a ricantarci tutti i giorni la medesima cantata – gli diceva festosamente, con fervide occhiate dei suoi occhi di araba:

– E allora, la notte non v'ha portato consiglio? Che ne dite, dunque? Non vogliamo pensarci a prepararvi questa sediolina in Paradiso?

– Mah, – rispondeva Francesco Esposito, – alla mia età, che volete.

– Età! – esclamava Lucia, dando in un riso nervoso, e tirandosi aspramente le cocche del fazzoletto nero, – che gliene importa dell'età a Nostro Signore? Per Nostro

Signore siamo tutti creature come Filomena mia, che ancora sta in fasciola. Che cosa credete, l'età e la vecchiaia sono tutte barzellette di questo mondo. La morte, quella sí, è un fatto vero di Nostro Signore; allora sí, Nostro Signore, quel maestro principale, ci chiama per l'esame. E se non siamo pronti, ci dice: «Chi siete voi, ignoranti? Io non vi conosco. Fuori dalla casa mia!»

E con gesti grandi e ispirati, voltandosi ogni tanto indietro per il pensiero di quei tre disoccupati che si rotolavano nella polvere, ancora una volta Lucia spiegava a Francesco Esposito tutto quanto si sapeva riguardo all'inferno e al Paradiso: quanto l'inferno fosse orrido, e sdirupato, e tenebroso, e sconcio; e il Paradiso, invece, illuminato, giocondo e quieto, e un ambiente, poi, di angeli, e santi, e persone brave come si deve: – Forse che vi piace l'idea, – gli diceva, – di passare tutta l'eternità, nei secoli dei secoli, in compagnia dei pagani, degli scomunicati, e della gente di malavita, ladri e assassini? Certi delinquenti che, qua in terra, si vorrebbero scansare come la schifenza: e poi ve li ritrovate laggiú, muso a muso, come tante comari e compari vostri!

Non c'era giorno che – fazzoletto nero e scarpette di tela ai piedi – (nel paese era lei una fra le pochissime donne che, come le signore, portavano scarpe) Lucia non discendesse fino alla casa di Francesco Esposito, a ribadire i suoi ragionamenti, per convincere il vecchio a battezzarsi. Una mattina, infine, Francesco Esposito ammiccò e le disse:

– Ma insomma, Nostro Signore era un gran sapiente, no, uno che se ne intendeva e teneva un cervello speciale!

– Un cervello speciale! – esclamò Lucia, con solennità oltraggiata, – altro che cervello speciale! È lui che ha fabbricato il mondo in sei giorni e s'è riposato al settimo, è Nostro Signore, vi dico!

– Allora, – dichiarò Francesco Esposito levandosi in piedi, – lui ne saprà piú di me. E se lui dice che bisogna bagnarsi con l'acqua santa, farò come dice lui.

Detto questo, guardò Lucia con occhi aggrottati e ridenti. E la donna prese a tremare per il giubilo che quasi le toglieva il fiato, e baciò le mani di Francesco Esposito, ripetendo: – Figlio di Dio, Dio vi ha benedetto, che da zingaro che eravate, vi ritrovate in una reggia eterna! – Quindi in fretta, con tono da febbricitante, spiegò che si sarebbe occupata lei di tutte cose, del padrino, del curato, e della cerimonia: – Adesso, – concluse, strappandosi dalla testa, per l'ardore, il fazzoletto nero, – fatemi tornare da quelle tre creature, che Dio sa che cosa combinano! – E fuggí via; lungo la strada esclamò: – Ah, madre mia bella, verginella dolcissima del Carmelo, che a me indegna faceste un tale onore! – e a precipizio mormorava delle avemarie di ringraziamento.

In breve tempo, il vecchio Francesco Esposito fu istruito circa i Sacramenti, la Legge e la Dottrina; gli furono insegnate le parole che doveva dire in risposta al sacerdote, e come attraverso il rito del battesimo gli sarebbe stata tolta finalmente la macchia del peccato originale (che finora, nel paese, dove tutti gli altri erano mondi, deturpava solo lui con la sua vergogna orrenda): per cui, quando a Dio fosse piaciuto, lui sarebbe volato in Paradiso candido come un infante. Ora, in verità, per la sua mente tarda, Francesco Esposito stentava talvolta a capire simili spiegazioni, peggio che se fosse stato un ragazzino.

Venne l'ora della cerimonia; e, per tutto il tempo, egli rimase quieto, a testa china, e compitando rispondeva al prete. Ma quando il prete diceva: *Francisce*, ovvero: *hunc famulum tuum Franciscum*, egli, sapendo che si parlava di lui, e udendo pronunciare il proprio nome in latino, aveva una specie di soprassalto, e raddrizzava la testa superbamente.

Finita la cerimonia, il suo padrino, un possidente dei dintorni chiamato a quest'ufficio da Lucia, gli fece dono d'una catena d'argento con la medaglia; lui stesso gliela appese al collo, e dopo, avendo da fare nei campi, se ne andò. Anche Lucia, dopo una gioiosa risata d'intesa che le fece tremare il saluto in gola, ritornò dalla sua famiglia. E Francesco Esposito rimase solo.

Secondo il solito, si mise a sedere dinanzi all'uscio di

strada. Chi l'avrebbe detto che, quel giorno, tutto era cambiato per lui? Tutte le cose apparivano le stesse. Di fronte a lui, sovrastante al mare, si levava la montagna, che a lui (poiché la fatica di alzare il capo gli vietava di guardarne la cima) si rappresentava di un'altezza vertiginosa. Sulle sue pendici, nella luce del mezzogiorno (che agli occhi di lui si confondeva in una specie di crepuscolo splendente) si distinguevano le macchie diverse dei vigneti, degli uliveti e dei prati, che a lui apparivano tutte nere, ma di un nero disuguale. E piú in là, i due celesti contigui del cielo e della marina gli si spalancavano in lontananza simili a un lago immenso, quasi la bocca misteriosa d'un'unica voragine.

Ogni tanto, per il grande spazio aperto si udivano degli echi di canzone o dei richiami, voci sconosciute ma pure familiari a Francesco Esposito. E lungo il viottolo, davanti a lui, si succedevano i soliti passanti: ecco il Padre-dei-ventisette-figli, grasso e spensierato, che cantava a gran voce l'ultima canzone di moda nelle osterie. Ecco la moglie e la figlia maggiore di Pasquale Massa, meglio conosciuto come il *Surunto* (vale a dire *super-unto*, unto e sporco in grado supremo) scapigliate, le quali litigavano fra loro secondo il solito. Ecco la levatrice, rauca e magra, con la sigaretta in bocca. Ecco, in persona, il tetro Surunto, col cappello in testa e la guancia sfregiata... Tutti costoro videro Francesco Esposito quando alzare la mano con gesto indulgente, quando tentennare il capo. Certe volte si toccava i suoi bianchi ricci ch'erano stati bagnati dall'acqua santa, e subito con un riso discreto si nascondeva la faccia nelle mani. Chi sa se la gente si accorgeva che adesso lui era come tutti gli altri, e candido come una creatura? Gli venivano pensieri indistinti che avevano, nel loro modo, forma bianca e alata, simili a palombe. E se pensava alla morte vedeva un campo bianchissimo, affollato, pareva, da un gregge d'agnelli tutti addormentati vicini; come fratelli a riposare in un bel letto.

Poi gli sopravvenne una ronzante sonnolenza meridiana; ma al di là di questa sua sonnolenza (che tuttavia non gli concedeva il sonno), sembrava spalancarsi una voragine nera. È un fatto ch'egli era ancora schiavo del dubbio e dell'ignoranza. Sul tardo pomeriggio, una tale solitudine gli pesò, e si decise a fare una visita a Vincenzo Vuotto.

Vincenzo era un uomo ancora piú vecchio di lui, il quale certo, a quell'ora, se ne stava in cucina, aspettando che la famiglia ritornasse dai campi. Cosí era infatti: l'amico sedeva là, in maniche di camicia, sopra una sedia, e pesantemente appoggiava i gomiti allo schienale d'un'altra sedia, con la testa piegata in basso. Sulla sua testa, da una finestruola fra una parete e il soffitto, si allungava un triangolo di sole, e una ridda di moscerini appena nati, presi da vertigine solare, vi girava dentro. Vincenzo Vuotto era un uomo taciturno che all'entrare di Francesco Esposito ebbe appena una leggera scossa e poi riabbassò sul petto il mento e lo sguardo intorbidato.

Francesco Esposito incominciò a ridacchiare: – Cosí, anche questa sediolina ce la siamo sistemata, – disse, in una soffocata allegrezza (alludeva, com'è facile intendere, alla sua sediolina in Paradiso).

Vincenzo Vuotto non batté ciglio; Francesco Esposito, i pomelli accesi, gli si sedette di fronte: – Guardate qua, – disse con una risata un poco vergognosa, che parve un soffio, e, agitando la catenella con le dita, fece danzare nell'aria la medaglia d'argento del padrino: alla quale Vincenzo Vuotto gettò appena uno sguardo, per convenienza.

– Ne ho mangiato, di sale, stamattina, – seguitò Francesco Esposito con un tremito compiaciuto, e scosse il capo. Vincenzo Vuotto ebbe un borbottio incomprensibile. – Adesso, – riprese Francesco Esposito sospirando, – posso anche morire.

– Bah, – disse Vincenzo.

L'altro gli gettò un'occhiata, e osò metterlo a parte dei propri dubbi: – Che ne dite, – chiese ammiccando, – di tutte queste cose, del Paradiso e dell'acquasanta? Certo bisogna star pronti a tutte le ore. Prima di tutto: chi ce lo dice se questo mondo, che dura e è durato assai, non può finire in rovina da un momento all'altro? Anche i palazzi... dico per dire... anche un palazzo antico, che sta in piedi da due, trecento e piú anni, un giorno o l'altro comincia a fare le crepe, piovono giú i pezzi d'intonaco, e i soffitti, i piancíti... finché tutto si riduce a una maceria, buona per le serpi e i pipistrelli e i gufi che ci dormono il giorno. Qualche segno pure c'è, che pure il mondo già fa le crepe... Starei per dire: qualche segno non manca.

Egli estraeva dalla propria mente questi pensieri con fatica e affanno, come uno sterratore che lavori di zappa e di pala su un terreno pietroso. Ma Vincenzo Vuotto non mostrò, con nessun cenno, di apprezzare i suoi ragionamenti. Fece solo un gesto con la mano, non si capiva se per allontanare un qualche moscerino, o per approvare Francesco Esposito.

– Eh, l'uomo non può dire né oggi né domani, – seguitò Francesco, – può capitarmi di uscire stasera da casa vostra pensando fra me: «Adesso vado a Pratile a bere un bicchier di vino»; e da qua a Pratile m'incontro con la morte, casco per terra e sono finito. Eh, l'uomo, come nasce senza niente sapere, cosí arriva all'ultimo senza niente sapere. L'uomo non sa niente del suo principio, e non sa niente della sua fine. Grazie a Dio, siamo pronti –. E qui Francesco tacque, aspettando la risposta: Vincenzo non disse nulla.

– Ma ne ho mangiato, stamattina, di sale, – ripeté Francesco Esposito, con voce malsicura e bassa.

Rimasero in silenzio per molti minuti. Cadde il triangolo di sole e, con esso, scomparve il folle, piccolo bengala dei moscerini. Si udirono le campane dell'Ave Maria.

Vincenzo Vuotto volse la testa un po' di sbieco, adocchiò Francesco con aria furba e sorniona e disse:

– Suona l'Avemaria
chi è in casa d'altri se ne vada via.
Non lo dico a voi, compare,
fate quello che vi pare.

Ma se io fossi in casa vostra
e voi non foste in casa mia,
a quest'ora me ne sarei già andato via.

Francesco Esposito si alzò a malincuore: – Eh, già, eh come no, – disse, fermandosi un momento in piedi nel vano dell'uscio. Poi rise di nuovo e disse: – Buona notte.

Vincenzo alzò la mano con gesto pigro.

Uscito di là, Francesco Esposito si riavviò senz'altro verso casa. Difatti, quella sua idea di andarsene a Pratile a bere un bicchier di vino, l'aveva enunciata solo cosí, in via d'esempio, per meglio spiegare il suo discorso; ma in realtà, il piacere di bere un bicchier di vino, da tempo gli era negato. A causa del troppo peso che aveva nel sangue, oramai, a lui il vino non faceva piú altro effetto che di stancarlo, e di aumentare quel perenne ronzio, come di cicala, che senza cambiamento gli suonava dentro gli orecchi.

Riprese dunque la via del ritorno, con la voglia di ritirarsi a casa e dormire. Sapeva, tuttavia, che questa sua sonnolenza crepuscolare, pure se ora lo lusingava al sonno, era fittizia. Il suo sonno durerebbe appena due o tre ore, e poi, secondo il solito, lo attendeva, come una lunga epoca confusa, l'oscura veglia notturna. Finché i primi rumori dell'alba lo sorprenderebbero, come il solito, a occhi aperti.

Prima che Francesco Esposito arrivasse a casa sua, la notte era già scesa. A quell'interno ronzio che sempre lo accompagnava, si aggiungeva qui l'eco della scogliera, che ripeteva ogni suo passo. E a lui pareva che un forestiero muto e astruso, su due trampoli altissimi, camminasse dietro i suoi passi, a una minima distanza da lui.

Il cugino Venanzio

Il cugino Venanzio aveva sulla tempia sinistra un piccolo segno bianco, in forma di virgola, che la zia Nerina, sua madre, affermava essere una voglia di luna. Ella raccontava infatti di aver guardato una sera, nel tempo che aspettava il cugino Venanzio, la luna nuova; e di aver contemplato con tanta passione quell'aureo seme di luce buttato nel cielo, che esso aveva germogliato in lei, rispuntando in forma rimpicciolita e spenta sulla tempia del cugino Venanzio.

Con quella voglia di luna in testa, il cugino Venanzio era minuscolo, e cosí magro che le sue scapole sporgevano simili a due piccole ali mozze, e tutto il suo corpo, sotto la pelle sottile e fragile come scorza di cipolla, mostrava le giunture minute, i tremanti ossicini. Aveva riccioli neri, ma sempre tanto impolverati da parer grigi, e occhi neri e spalancati, pieni di malinconia; e i suoi movimenti erano sempre nervosi e frettolosi, come di leprotto in fuga sotto la luna. Il cugino Venanzio non piangeva mai; in luogo di piangere, inghiottiva, e subito si poteva vedere quell'amaro boccone di lagrime ingrossargli la gola, come un nodo, e andare in su e in giú. E il cugino Venanzio faceva un piccolo sorriso, mettendo in luce fra le labbra sottili i dentini radi e ombrati. Ma, per la fatica d'inghiottire quel nodo, si faceva assai pallido.

La zia Nerina, madre del cugino Venanzio, aveva sempre un gran da fare la mattina, prima di andare all'ufficio dei telefoni dov'era impiegata; e ciò per causa dei suoi boccoli. La sera, ella aveva diviso i propri capelli in tanti ciuffi abboccolati chiudendoli in cartocci di giornale; e la mattina doveva scartocciarli. Questa dei boccoli era la massima cura che ella consacrasse alla sua persona; per il resto, infatti, era tutta infagottata, e tenuta insieme a forza di spille. I suoi tacchi altissimi di legno erano sempre storti, ed essa si vantava di non usare la cipria, avendo sugli zigomi il dono di un colorito naturale vagamente scarlatto. Era sempre agitata al punto che le sue risate parevano singhiozzi, e la sua voce che chiamava – Venanzio! Venanzio! – squillante e tremula, ci dava un raccapriccio strano.

Tutti i fratelli di Venanzio si occupavano di qualche cosa: il maggiore scriveva romanzi d'appendice; il secondo giocava al calcio ed era fornito di muscoli robusti; il terzo andava a scuola, e sempre era promosso con lo scappellotto, diceva la zia Nerina. Ma il quarto, Venanzio, non faceva niente: a che serviva mandarlo a scuola? Egli stava zitto nel suo banco, è vero, ma non ascoltava affatto quel che diceva il maestro. Se questi d'improvviso gli gridava con voce da Giudizio Universale: – Che cosa ho detto? Rossini, ripeti! – Venanzio allargava la bocca in quel suo sorriso confuso e interrogativo, e le sue orecchie un po' sporgenti tremavano in un modo tanto curioso. Mai come in questi momenti egli pareva un leprotto. Era evidente che si vergognava di esser uno che si dimentica di tutte le cose. Le idee gli si staccavano dalla mente come gocciole di rugiada da un albero: stavano un momento sospese, brillavano vagamente, e cascavano.

Solo una cosa egli sapeva a memoria, ed era la canzone seguente, fatta di due soli versi, che aveva inventata lui stesso:

Emidio il marinaio
che va e va e va.

E sempre la cantava, con una vocettina stonata.

Inoltre, egli conosceva i superlativi, che usava con grandissima soddisfazione. Quando la zia Nerina, di ritorno dall'ufficio dei telefoni, gli diceva: – Amore mio, sei stato buono oggi? – egli garantiva: – Ottimo. – ... il contrario di pessimo, – aggiungeva, dopo essere rimasto un momento sopra pensiero. E infine: – il piú buonissimo, – concludeva, strizzando gli occhi per la fatica.

Tutte le mattine, prima di avviarsi all'ufficio dei telefoni, la zia Nerina prendeva il battipanni e picchiava il cugino Venanzio. Infatti, ella spiegava, il cugino Venanzio ne faceva tante durante la giornata, e tutti i giorni ne faceva tante, che si era sicuri di non sbagliare picchiandolo tutte le mattine appena sveglio. Cosí per tutto il resto della giornata non ci si pensava piú. Dunque, la zia Nerina prendeva il battipanni e si accostava al letto del cugino Venanzio; e il cugino Venanzio faceva il suo sorriso e inghiottiva: – Venanzio, – diceva allora la zia Nerina, – tirati su la camicia da notte, perché devo picchiarti –. E poi se ne andava all'ufficio dei telefoni, dopo avere scartocciato i suoi boccoli, s'intende.

E il papà andava in giro a cercare assicurazioni per gli incendi, e il fratello maggiore in tipografia, e il secondo all'allenamento, e il terzo a scuola: in casa restava solo il cugino Venanzio. Egli girava intorno alla casa, e di corsa su e giú per le scale, e si affacciava alle finestre cantando la canzone di Emidio e combinava centinaia di guai. Se di mezza dozzina di bicchieri lui ne toccava uno, proprio quell'uno cascava. E i ladri di galline, sapendo che in casa era rimasto solo il cugino Venanzio, si davano appuntamento a casa sua e gli rubavano le galline sotto il naso. Una sola incombenza egli aveva: e cioè di accendere il gas a mezzogiorno e di mettere su l'acqua per la pasta; ma la cosa riusciva rarissime volte, perché, ad esempio, il cugino Venanzio metteva su la pentola con l'acqua senza accendere il gas, oppure accendeva il gas e metteva su la pentola vuota.

Egli portava una camiciola senza bottoni, e un paio di calzoni che arrivavano a lui dopo aver appartenuto successivamente ai fratelli piú grandi: il tutto tenuto su con spilli da balia. I suoi piedi erano nudi e, a furia di camminare nudi, avevano fatto i ditini piatti e a ventaglio, come le zampette di un anatroccolo.

Ma non basta: il cugino Venanzio era sonnambulo. Per questa ragione i suoi fratelli, dopo avergli dato molti calci, si rifiutavano di dormire nella stessa camera con lui; e dunque lui dormiva sopra un lettuccio pieghevole nel corridoio. Di là si levava nel mezzo della notte, e camminava nel sonno. Gli accadeva di svegliarsi d'improvviso, come in fondo ad una vallata, in angoli remotissimi che il buio gli rendeva infidi e stranieri. E, coperto di sudore per la paura, a tastoni andava in cerca del suo letto. Gli capitava poi di fare nel sonno cose strane, delle quali alla mattina si era dimenticato. E qui torna a proposito la storia delle bandierine.

Un giorno, la zia Nerina si comperò un bel vestito di crespo marocchino tutto stampato a bandierine su fondo nero. Si trattava di bandierine non piú grandi di un francobollo, eppure magnifiche. C'erano quelle di tutti i paesi, con disegni di stelle minute, o di gigli rossi su fondo bianco, o di bianche croci in campo rosso. Per il piacere che gli dava la vista di quelle bandierine, il cugino Venanzio saltò intorno al vestito ridendo a gola spiegata. E la zia Nerina gli disse: – Non ti venga in mente, cocchino mio, di ritagliarle giro giro, eh?

Ebbene, il cugino Venanzio, in quella notte vide, com'egli raccontò, una ridda volante di bandierine che a migliaia sventolavano nel suo sonno. Cercò di scacciarle credendole zanzare, ma quelle tornavano. E, sempre dormendo, si alzò e andò nel salotto dov'era il vestito nuovo, ben composto sul divano buono; e accese la luce e, accovacciato in un angolo del salotto, con un grosso paio di forbici cominciò a ritagliare accuratamente le bandierine. La zia Nerina racconta che in quel punto ebbe un avvertimento celeste e, svegliatasi di soprassalto, corse nel salotto. Ma già il cugino Venanzio aveva ritagliato tutto il davanti del vestito dove, al posto delle bandierine, c'erano tanti buchi quadrati.

Il cugino Venanzio non aveva ancora otto anni quando morí. La gente diceva che i suoi cigli eccessivamente voltati in su, le orecchie sporgenti e le unghie ovali che parevano staccarsi dalle dita, tutto faceva capire fin da prima che sarebbe morto. Non aveva ancora otto anni quando fu preso da un forte mal di testa e, dopo essere stato qualche giorno addormentato con una borsa di ghiaccio sopra, fece un gran respiro e si spense. Si vide, per le finestre spalancate, la zia Nerina correre su e giú per le scale gridando: – Figlietto mio! Venanzio! Aiutatemi! Aiutatemi! –; tutta spettinata, senza cartocci né boccoli, cosí che i suoi capelli, com'ebbe a dire la nostra cameriera Valchiria, parevano quattro zeppi in croce. E il cugino Venanzio, con zampette di anatroccolo e riccioli impolverati, ma vestito dalla testa ai piedi, stavolta, di un elegantissimo completo turchino, fu messo nella cassa e sulla carrozza da morto.

Addio, Venanzio. Tutti i cugini biancovestiti partecipavano al funerale, ma non piangevano, stupiti piuttosto e alquanto gelosi per quel grande lusso di fiocchi d'oro, cavalli e cocchiere in livrea in onore del solo Venanzio. Soltanto una cugina, che seguiva assieme agli altri, vestita, in mancanza di un vero abito bianco, del suo grembiule bianco di scuola con su ricamato: *Seconda B*, soltanto costei piangeva. Il fatto è che una volta il cugino Venanzio, per amore di un nastro ch'ella portava nei capelli, l'aveva chiesta in moglie. Ed ella, in mancanza di altri pretendenti, si era promessa a lui; e adesso era disperata, all'idea di restare zitella.

Un uomo senza carattere

Avevo terminato il primo anno di università e mi recai secondo il solito a villeggiare nel mio paese di F., presso i miei genitori. A quel tempo, ero un giovinetto delicato e timido. Queste qualità, oltre ai miei capelli biondi e allo splendore del sorriso, mi avevan valso fra i compagni il soprannome di «Poeta». Altri mi paragonavano per l'aspetto ad un cavaliere antico. Peccato che del poeta non avessi il genio e, del cavaliere, il coraggio.

Il mio turno di esami si era fatto aspettare e, arrivato a F. con un certo ritardo sugli altri villeggianti, trovai che i miei coetanei avevano quell'anno un nuovo divertimento. Bisogna ammettere che i divertimenti scarseggiavano a F. Le ragazze, in omaggio a costumi antichi, erano riservate e casalinghe, teatri non ce n'erano. Altra risorsa non restava che qualche burla o qualche partita alle carte.

Quell'anno però fece la sua comparsa nel paese una villeggiante nuova, la signorina Candida V., ospite di una sua zia vecchia e zitella. Anche la signorina, del resto, era poco meno di una vecchia zitella, avendo da qualche anno oltrepassata la trentina. Ella asseriva di avere ventisei anni, ed era ancora abbastanza fresca; piccola e grassa, camminava sulle gambe corte ancheggiando con sussiego. Aveva una grande chioma nera, faccia tonda con occhi lucenti, ciglia lunghe, denti bianchi e minuti. La storia di questa signorina è presto detta.

Ella aveva consumato la sua giovinezza sola col padre vedovo in una città provinciale del mezzogiorno.

Prigioniera del vecchio austero e geloso, la sua vita era stata quella delle cosiddette «monache di casa»; per il terrore dell'ira paterna, aveva mortificato la propria natura esuberante. Era curiosa, golosa e vile; ma la sua bonaria innocenza si era conservata intatta.

Quando suo padre morí, lasciandole una modestissima rendita, la ragazza, rimasta sola, andò a trascorrere il periodo di lutto nella capitale, presso certe gaie cugine. Il suo lutto, il suo stupore e la sua goffaggine le impedivano di partecipare alla loro vita, sulla quale però essa apriva due occhioni avidi. Quelle fanciulle beate non vivevano che per il loro piacere, non si occupavano che di frivolezze e il piú appassionato argomento delle loro ciarle era l'amore.

Terminato il periodo di lutto, le cugine appresero a Candida l'arte di truccarsi il viso e la consigliarono nell'acquisto di abiti chiari, sebbene, fra loro, ridessero di lei. Una ragazza che ha sempre vestito grembiali grigi, che non ha usato mai la cipria, e che per la prima volta vede nello specchio se stessa in forma di fanciulla ricciuta, vermiglia, vestita di celeste, non può non vedersi bella. La signorina Candida si giudicò bellissima; ed essendo per sua natura un po' sciocca, non mise freno alla sua nuova esultanza.

In quel tempo appunto venne a villeggiare a F.; se nella grande città la sua vergogna di provinciale l'aveva intralciata, qui, dopo il soggiorno nella metropoli, Candida si sentiva quasi cittadina fra i provinciali. Eccola dunque, avvolta in una nube di felicità e di sicurezza, scendere fra noi. Si vestiva con gonnelline corte, ricche di balze e dai colori chiassosi; portava, incollati sulla fronte, riccioli rubacuori; s'impiastricciava con cipria e carminio la faccia e fin le narici e i lobi degli orecchi; e passava, la testa alta e negli occhi il lampo del trionfo.

Il fatto è che la sua giovinezza compressa maturava d'un tratto, impetuosa e fuori stagione; e Candida, posseduta da questa follia, viveva fra sogni di passioni e di nozze. Persuasa d'essere la piú bella non tardò ad illudersi d'essere irresistibile: tutti quei graziosi giovani l'amavano, le ripeteva il suo cuore ingenuo e beato. L'amavano diversamente da come si amano le fanciulle che si chiedono in moglie; l'amavano come le donne celebrate nei romanzi e quelle dame di cui nei tempi antichi i cavalieri incidevano sullo scudo il nome. E se con lei tacevano, era per amore, e se fuggivano, era per troppo amore.

In quel suo mondo amoroso ella folleggiava, e la si vedeva saltellare, la si udiva cinguettare. Sicura della loro invidia, si confidava con le donne: «Costui mi ama, colui mi fa la corte», e quelle fingevano stupori, e poi le ridevano dietro. La sola confidente fedele e credula era sua zia, che la sera amava ascoltarla e compiacersi di quei sogni.

Per i miei coetanei, l'uscita quotidiana di Candida fu presto uno spettacolo. Da principio, vedendola arrivare tutta parata a festa e provocante, le facevano cerchio d'intorno fra scherzi e risa che lei prendeva per madrigali; e infine, per divertirsi meglio, decisero di assecondarla. Ora l'uno ora l'altro, appartati in qualche sentiero campestre, le parlavano d'amore, proprio come lei voleva, con enfasi romanzesca; raccontandosi poi fra le beffe i sospiri e batter di cigli, e le caste ritrosie con cui lei rispondeva a ciascuna dichiarazione d'amore. Fra tanti omaggi, Candida pareva rifiorire, diventando ogni giorno piú grassa e superba. Presto, tutti le avevano dichiarato amore, fuorché io. Sebbene io non osassi confessarlo, non condividevo il divertimento degli altri; in realtà, quelle parole esaltate da loro usate per illudere Candida, io nel mio cuore le veneravo troppo per farle oggetto di gioco. Le riserbavo, quale offerta sacra, ad una fanciulla ancora non incontrata, ma che vagheggiavo bellissima e semplice. Inoltre, piú che ridicola, a me Candida pareva cosa da far pietà. Quando la vedevo passare fra noi, cosí balda, nei suoi vestitucci rimediati, non so che malessere mi faceva rabbrividire. E non potevo starle accanto senza disagio.

Ella si stupiva di tanta indifferenza da parte mia, e se ne adontava. La mia romantica apparenza, della quale piú sopra ho parlato, era certo la piú somigliante agli ideali di lei. Spesso, ella mi guardava con aria interrogativa, ridente, quasi ad invitarmi. E i compagni mi spingevano alle spalle esortandomi: – Su, Poeta! fatti avanti! non fare il timido! Svela i tuoi sentimenti alla signorina!

Candida non tardò a credere che tali sentimenti davvero esistessero, e che solo la timidezza mi trattenesse dall'esprimerli. Da quel giorno, incontrandosi col mio gruppo, ella fra tutti guardava me, con uno sguardo colmo d'intesa e di femminea compiacenza che mi faceva correre il freddo per le vene. Fra l'irritazione, la vergogna e un'increscIosa pietà avvampavo in volto, e questo raddoppiava le beffe dei miei giovani amici.

Allora maturò in me la decisione che vedrete; chi fu a dettarmela? Furono, a sentire la mia coscienza, l'onore, la verità, la compassione e altre degne cose. Ma talvolta anche la nostra stessa coscienza mentisce con noi.

Dunque, un bel giorno, passeggiando solo, mi incontrai con Candida. Ella mi gettò un'occhiata lampeggiante, e sgonnellando proseguiva la sua strada; ma io, tremante e rosso in viso la inseguii chiamandola: – Signorina! Signorina!

Con aria di regina ella si volse; balbettando le dissi che dovevo parlarle: – E perché no? – disse lei con civetteria; quel mio turbamento, quella mia bocca tremante le promisero chi sa quali dolcezze. La sua stupida esaltazione, della quale ebbi il senso preciso e acuto, mi dette una specie di smarrimento, e fui tentato di fuggire. Ma oramai ero in ballo, e mi feci forza. Allora, come può accadere ai timidi, fui padrone a un tratto di una lucida audacia di cui raramente godevo.

Ci inoltrammo per una viuzza del paese verso la piazza, in cui si apriva il cosiddetto «Circolo»: sala di ritrovo paesana, in cui si ascoltava la radio e si giuocava alle carte. Sapevo che i miei compagni si trovavano in quell'ora al «Circolo»: io stesso ve li avevo lasciati poco prima. Dunque, mi fermai nella viuzza e con aria protettiva, sebbene non senza un lieve disgusto, posai la mano sul rosso braccio nudo di Candida.

Ella rise e si sottrasse: – No, vi prego, signorina, – le dissi, – non date a questo mio gesto il significato che vi suggerisce la vostra illusione. Sí, perché voi siete un'illusa, ed io, che sono un vero amico per voi, voglio strapparvi il velo dagli occhi. Signorina, so che i miei compagni nella loro leggerezza vi hanno parlato d'amore e cose simili. Voi, pur non essendo piú una bambina, ci avete creduto. Ora, sappiatelo, nessuno di loro vi ama. Su, signorina, è tempo di conoscere se stessi e la vita. A una donna della vostra classe e della vostra età la vita offre altre cose. Potete leggere bei libri, dedicarvi ad opere buone e a lavori di cucito. Sappiate dunque che i miei compagni fingono con voi, si divertono alle vostre spalle, insomma voi siete il loro zimbello e il piú buffo divertimento di questo sporco paese. Ne volete la prova? – Ella mi guardava interdetta, e sorrideva sbattendo gli occhi increduli. – Rimanete qua dietro la tenda del Circolo, – la consigliai, – e guardate, e ascoltate. Io provocherò i miei compagni a parlare di voi, e voi stessa potrete vedere in che conto essi vi tengono.

Cosí, lasciata Candida dietro la tenda, entrai nella squallida sala. Ero pallido, i miei occhi ardevano, provavo un'esaltazione e baldanza che non mi erano naturali. Ma non ebbi bisogno di provocare quei giovani a parlare di Candida; essi (non sospettando che la fanciulla era ancora vicina e li udiva), mi accolsero con risa e schiamazzi: – Dove hai lasciata la tua bella? – mi gridarono, – vi abbiamo visti dalla finestra poco fa, tu rosso come la cresta d'un gallo, e lei che si pavoneggiava!

– Le ho fatto la mia dichiarazione, – esclamai, con finto cinismo. Queste mie parole svegliarono fra i compagni l'allegria piú pazza: – Che le hai detto, Poeta? Come ha risposto? – chiedeva uno. – L'hai cotta al punto giusto? – s'informava un altro. Un terzo addirittura contraffaceva Candida, con voci e movenze piuttosto da anitra che da fanciulla. E tutti intorno lo imitarono, arricchendo la loro commedia con risa sguaiate, con frasi brutali e poco oneste che non voglio ripetere qui.

Quando credetti che la prova fosse ormai sufficiente anche per l'anima semplice di Candida, scivolai fuori nel corridoio, e ritrovai la ragazza dietro la tenda. Non dimenticherò, credo, il nuovo aspetto in cui ella mi apparve. Piangeva, e subito giudicai quel pianto stupido e poco decoroso; ma i sussulti che le scuotevano il corpo erano simili piuttosto ai brividi della febbre che ai singhiozzi del dolore. Mi guardò come non mi vedesse; e i suoi occhi erano pieni di un orrore profondo, pari a quelli di un bambino che abbia incontrato un fantasma.

Quella vista, non so perché, m'ispirò antipatia e rancore. Riaccompagnando la ragazza sulla via del ritorno, evitavo di guardare il suo viso grasso, sporco di bistro e di lagrime, e su cui d'un tratto erano apparse le rughe della vecchiaia. Ma pur camminando ad occhi bassi e torcendo il mio volto da lei, con odio mi accanii contro Candida per tutta la strada. Le rivelai quanto fossero indecorose le sue maniere, quanto ridicoli i suoi vestiti, quanto sfacciata la sua truccatura, e vana la sua vita stessa. Con ipocrita onestà, la esortai nuovamente alle occupazioni modeste che si addicono alle fanciulle mature. Ella non rispondeva, ma scuoteva la testa mordendosi le labbra, con la smorfia che fanno i bambini nel pianto. Alla fine, penosamente balbettò: – Ah, finitela, finitela! – e con un ultimo sospiro corse via da me verso casa sua. Io pure mi diressi a casa; e mi sentivo la bocca amara, le ossa rotte come chi abbia sostenuto una fatica fisica.

Si avvicinava l'autunno; e venne il giorno del mio ritorno in città senza che io avessi rivisto Candida. Forse ella, per la vergogna, non osava piú uscire di casa. Ed io, poco piú tardi, nella brutta camera ammobiliata che costituiva, in città, tutto il mio regno, nella solitudine alla quale il mio carattere schivo mi costringeva, ripensavo spesso a quell'ultima scena fra me e Candida; finché quel viso, che avevo evitato di guardare, mi apparve come la maschera del rimorso e della pietà. «Era felice, – mi ripetevo, – perché disilluderla?», e ricordavo il mio dolore, quando, nell'infanzia, un compagno piú furbo mi aveva insegnato che la Befana non esisteva. Altri ricordi della mia mortificata adolescenza, dei miei sogni e ambizioni deluse, si mischiavano al mio rimorso, al punto che talvolta ne piangevo. Nella triste esaltazione di quelle ore solitarie giunsi a fantasticare, per rimediare al male che avevo fatto, di correre da Candida, di chiederle perdono e di sposarla. In tanta incertezza ed angoscia mi agitavo sul letto, fra le ombre piovose dell'autunno. E il disordine del mio cuore giunse al suo culmine quando ebbi la notizia che Candida, ammalatasi di tifo poco dopo la mia partenza, era morta ed era stata seppellita nel piccolo cimitero del mio paese. Fu mia madre che in una sua lettera, fra le novità e i piccoli pettegolezzi di F., mi annunciò questa morte; non sapendo di gettarmi in un confuso e strano dolore. Io ero, in realtà, morbosamente romantico; e presto fui persuaso d'essere stato io ad uccidere Candida: «Soltanto l'illusione, – mi ripetevo, – la faceva vivere. Uccidendo quest'illusione ho ucciso lei stessa». Fra tali rampogne e rimorsi giunse il Natale; io solevo passare il Natale al mio paese, fra i parenti.

Mi trovavo dunque al paese, ed era l'antivigilia della santa festa. Era un dicembre non freddo, ma burrascoso. Piogge violente miste ad un vento quasi tiepido rendevano piú fosca la noia di quei pomeriggi. Mi trovavo proprio sulla piazza del Circolo; là dove avevo detto a Candida: «Voi stessa potrete vedere, Signorina...»; e là, piú acuto che mai, mi colse il rimpianto dei mancati atti magnanimi, delle carità mancate: insieme col desiderio acuto di rimediare in qualche modo al male che avevo fatto.

Mi restava nell'anima (vile e capricciosa anima davvero), un fondo di religione superstiziosa, ultimo frutto degli insegnamenti materni, delle sante storie narratemi dalla balia, delle preghiere infantili. Fu appunto un momento di ardore mistico che mi consigliò di recare un estremo omaggio a Candida per placare la sua patetica ombra e meritarne il perdono. E raccolti nell'orto dietro la mia casa alcuni stenti crisantemi ed erbe, magra fioritura della stagione, io ne feci un mazzo e mi diressi al Camposanto, per offrirli alla tomba di Candida.

Camminavo nella caligine piovosa col batticuore, in una specie di fervore galante, al modo di un paggio innamorato che di nascosto reca un'offerta alla sua dama. E percorso il viottolo campestre fra due muriccioli di sassi, già quasi distinguevo fra i fili della pioggia il cancello sul quale una lapide ammonisce: «Pulvis et umbra sumus – Siste, viator»; quando m'imbattei con un elegante giovane, uno degli allegri compagni di prima. Il quale, atteggiata ad un riso sdegnoso la sua bocca rossa, mi gridò: – Eh, Poeta, che fai con quel *bucchè*?

– Come? – balbettai, – parli di questo mazzolino? – E sentendomi piú che mai fanciullo e ridicolo, arrossii per la vergogna. Mi pareva di dovere al compagno una qualsiasi spiegazione, e in fretta raccontai di aver ricevuto quei crisantemi da una contadinella, da una piccola mendicante alla quale poco prima avevo dato l'elemosina: – Ha voluto farmi gradire questa roba a tutti i costi, – soggiunsi assai disinvolto, con una risata finta, – davvero non so che farmene –. E cosí detto, gettai rabbiosamente i fiori sul margine del viottolo dove piú tardi li brucarono le capre.

Poi, ridendo servilmente di non so quale buffoneria che mi diceva il compagno, ripresi la via del ritorno, sotto il mio grande ombrello, insieme con lui.

Il soldato siciliano

Nel tempo che gli eserciti alleati, a causa dell'inverno, sostavano al di là del fiume Garigliano, io vivevo rifugiata in cima a una montagna, al di qua del fiume. Un giorno, per la salvezza di persone che amavo, fui costretta ad un breve viaggio a Roma. Era un amaro viaggio, poiché Roma, la citta dove nacqui e dove ho sempre vissuto, era per me in quel tempo una città nemica.

Il treno partiva la mattina presto. Io scesi dalla montagna il pomeriggio del giorno avanti per trovarmi in pianura prima che facesse buio; dovevo trascorrere una notte in pianura e all'alba avviarmi verso la piú vicina stazione.

Trovai ricovero per la notte presso la famiglia di un carrettiere di nome Giuseppe. L'abitazione di Giuseppe si componeva di tre capanne: una faceva da riparo all'asino e al carretto, nell'altra dormiva Giuseppe con la moglie Manetta e le tre bambine, e nella terza si cucinava, sopra un fuoco di legna acceso in terra.

Fu deciso che le due ragazzine maggiori mi avrebbero ceduto il loro letto, e avrebbero dormito nel letto matrimoniale, con la madre e la bambina lattante. Quanto a Giuseppe, si adattò volentieri a dormire in cucina, sopra un mucchio di paglia. Erano, quelle, notti di pericoli e di spaventi. Piú di mille tedeschi, destinati al fronte, si erano accampati nei dintorni. Fragorosi carriaggi percorrevano senza fine le prossime strade; si vedevano le luci delle tende accendersi nel bassopiano, e si udivano grida e richiami di voci straniere.

Chiuso l'uscio della capanna, io, Marietta e le figlie ci accingemmo a coricarci. – Perché non ti spogli? – mi chiese la madre, sciogliendosi le cocche del fazzoletto, – tanto, qui siamo tutte donne, e ti ho cambiato le lenzuola –. Ma io, non avvezza a dormire fra estranei, mi distesi vestita sulla coperta.

Le ragazzette maggiori, contente di dormire nel letto grande, seguitarono a ridere e a giocare con la sorella in fasce anche dopo che fu spento il lume. La madre, però, le ammoní a tacere; poco dopo, dai loro respiri, capii che dormivano.

Io mi disposi ad una notte di insonnia. Mi raffiguravo la folla dei miei compagni di treno, e le fermate in mezzo alle vuote campagne e alla strage; pensavo a ciò che avrei risposto se una voce improvvisa mi avesse ordinato di mostrare le mie carte, e il mio bagaglio. E poi, mi domandavo se avrei potuto mai giungere a Roma, giacché le ferrovie venivano bombardate ogni giorno.

Ma in quel punto, udii sulle frasche del tetto un battito fitto e sonante; aveva incominciato a piovere, e col maltempo, che rendeva i bombardamenti difficili, il viaggio si annunciava piú tranquillo.

Nel cuore della notte, la bambina lattante si mise a piangere. Vi fu nel letto grande qualche moto, e un bisbiglio: era Marietta che nutriva la bambina, e le parlava a bassissima voce. Poi ritornò il silenzio: il fragore dei carriaggi, come pure i gridi, i richiami delle pattuglie, tacevano da un pezzo.

Io pensavo quanto mi sarebbe piaciuto di attraversare il fiume Garigliano, e arrivare fino alla Sicilia, bella e desiderata in quella stagione. Non sono mai stata laggiú, dov'è il paese di mio padre, e dove adesso avrei potuto vivere libera.

In quel punto l'uscio di travi fu spinto dall'esterno, e per il vano entrò un fascio di luce bianca. Mi drizzai sul letto, temendo una visita dei tedeschi; ma ecco affacciarsi la grande, cenciosa persona di un soldato del nostro esercito. Sebbene stinta dalle intemperie, e coperta di fango, l'uniforme era tuttavia riconoscibile.

– Un soldato!, – esclamai, – non entrare, qui siamo tutte donne –. Ma egli rispose che voleva soltanto ripararsi un poco, e avanzò nella capanna. Era un uomo adulto, con folti sopraccigli, e una barba ricciuta e nera; capelli ricci e selvaggi, in parte già canuti, gli uscivano dal berretto, e attraverso gli strappi dell'uniforme si scorgevano i suoi forti ginocchi. Portava una lampada quali usano i minatori per discendere nelle cave.

Gli feci osservare che avrebbe svegliato tutti, con la sua luce accecante; ma egli rispose che le mie ospiti eran troppo immerse nel sonno, per avvedersi di lui. E deposta a terra la lampada, si sedette sopra una cassa, presso l'uscio. Sembrava febbricitante. – Se vuoi riposarti, – gli risposi, – chiedi a Giuseppe di farti dormire nell'altra capanna –. Ma il soldato disse di no, che per certi suoi motivi aveva risoluto di andar vagando senza riposare, né prender sonno. – E tu, perché non ti corichi? – soggiunse. Gli dissi il mio timore che il letto non fosse pulito. – Eh, che fa! – rispose, – guarda il mio mantello, è pieno di pidocchi.

Mi spiegò poi di avere guerreggiato nell'esercito, e di combattere adesso alla macchia, contro i tedeschi; e che piú tardi si sarebbe unito agli inglesi per continuare la guerra. Cosí guerreggiando senza tregua, seguitò, sperava di raggiungere un certo suo scopo.

Nella sua voce intensa, un po' cantilenante, avevo riconosciuto subito l'accento della Sicilia. – Sei siciliano? – gli domandai. – Sí, – rispose, – sono di Santa Margherita. – Proprio nel momento che tu arrivavi, – osservai, – pensavo che avrei voluto andarmene in Sicilia. – Invece io, – disse il soldato, – in Sicilia, da vivo, non ci tornerò piú.

Gli chiesi il perché; ed egli, in dialetto siciliano, mi fece il racconto seguente:

«Il mio nome è Gabriele. A Santa Margherita, facevo il minatore, e avevo moglie e una figlia. Due anni dopo le nozze, mia moglie si traviò, e fuggí di casa per fare la mala vita, lasciandomi solo con la bambina, che ancora non camminava. La bambina si chiamava

Assunta; uscendo per andare alla cava, la lasciavo nel letto, ed essa non gridava, perché era assai quieta. Io le avevo appeso ai ferri del letto, per una cordicella, un anello d'ottone, avanzo di una vecchia lanterna, che col suo dondolare la faceva ridere: altri giochi non aveva. Abitavamo in una casa isolata, in mezzo ad una pianura secca, non lontano dalle cave; a una cert'ora, un venditore ambulante amico mio, passando di là, entrava per poco, e fatta alzare la bambina, la vestiva e la metteva a sedere in terra. Al mio ritorno, la sera, io cucinavo la minestra, e Assunta mangiava insieme a me, sulle mie ginocchia; ma certe volte io mi addormentavo prima ancora d'aver vuotato il piatto. Mi accadeva di risvegliarmi, dopo un'ora, magari, e di vedere che Assunta dormiva, addosso a me, oppure se ne stava lí ferma guardandomi con gli occhi aperti e curiosi. Un giorno, però, mentre era sola in casa, cadde dal letto e si ruppe la giuntura del polso. Il mio amico, arrivato piú tardi nella mattina, la trovò dov'era caduta, stesa in terra, e quasi senza respiro a causa del dolore. Da quel giorno, le rimase una mano un poco storpiata; per cui non poté mai fare dei lavori pesanti. Divenne, però, una bella ragazza, una vera siciliana: magrolina, ma con la pelle bianca, gli occhi neri come il carbone, e una lunga capigliatura, nera e ricciuta, che lei si legava sulla nuca con un nastro rosso. A quel tempo, il venditore ambulante si trasferí in un altro paese, e noi là, in mezzo a un deserto, restammo senza amici. Accadde poi che fu chiusa la cava dov'io lavoravo, e mi trovai disoccupato. Passavo le giornate al sole, senza far niente, e l'ozio m'inferociva; non avendo altri compagni che Assunta, sfogavo la rabbia con lei, la insultavo, la percuotevo, e (sebbene non esistesse una fanciulla piú innocente), spesso le gridavo: "Che fai qui? Vattene sulla strada come tua madre". Cosí che Assunta, un poco alla volta, mi prese in odio; non parlava, giacché, avvezza alla solitudine, era cresciuta assai taciturna, ma mi guardava con occhi neri, infuocati, quasi fosse la figlia del demonio. In breve, io non trovavo lavoro; e avendo il Maresciallo di

Santa Margherita proposto di prendermi Assunta come cameriera, accettammo. Assunta aveva ormai quindici anni e il suo lavoro non era grave, poiché il Maresciallo viveva solo con un figlio giovinetto. Assunta aveva una stanzuccia per dormire, vicino alla cucina, riceveva il vitto, e in piú lo stipendio, che il padrone consegnava a me. Egli era di carattere brusco, ma bonario, e del resto passava quasi il giorno intero in Caserma. Assunta lavorava per lo piú nella cucina, posta sotto la scala. Ed ecco che il figlio del Maresciallo, un ragazzo nero, selvatico, di poco piú grande di lei, cominciò ad importunarla. Assunta lo scacciava, ma lui, per impaurirla, balzava come uno spirito dalla finestruola del sottoscala, e guardandola con gli occhi lucenti le afferrava i capelli, l'abbracciava e voleva tentarla coi baci. Anch'egli era quasi fanciullo, e non aveva mai toccato una donna; per cui le ripulse lo inasprivano, e cercava di vincere con la violenza. Assunta si liberava dibattendosi, gridava e piangeva; ma non osava dir niente al Maresciallo, né tanto meno a me. D'altra parte, non poteva lasciare quel posto, essendo assai difficile per lei trovare un altro lavoro, a causa della sua mano storpiata. E come ritornare a casa, da un padre che odiava, e che non poteva neppure darle un pane? Ma a nessun costo voleva cadere nella vergogna, come sua madre.

«Passò in tal modo circa un mese. Una sera, il Maresciallo, rincasando piú tardi del solito, trovò la casa tutta in silenzio, e la cena bene apparecchiata per lui sulla tavola. Il figlio, già a letto, dormiva profondamente, ed egli, mangiato che ebbe, si preparò a coricarsi accanto al figlio. Ma nell'affacciarsi per chiudere la finestra (era una notte chiara), vide giú nel cortile Assunta seduta sull'orlo del pozzo, che s'intrecciava i capelli con dita frettolose, e parlava fra di sé. Fece per chiamarla; ma poi pensò che forse ella stava lí per godere un poco l'aria notturna, perché il tempo era afoso, e la cameretta di lei, sotto la scala, doveva esser molto calda. Perciò, senza dirle niente, si sporse per trarre a sé le persiane: in quel momento gli parve di vedere che la fanciulla, terminata la treccia, se la girava intorno alla fronte, e con le forcine se la fermava al di sopra dell'orecchio, come una benda che le coprisse gli occhi. Ma solo piú tardi gli tornò alla memoria tale gesto, a cui, stanco e sonnolento, non aveva allora fatto gran caso. Il fatto è che Assunta si era bendata gli occhi in quel modo per impedirsi di guardare e farsi piú coraggio; la mattina seguente, ella non comparve, e dopo averla ricercata nella casa e per tutto il paese, la ritrovarono in fondo al pozzo.

«Poiché era morta per sua volontà, la ragazza non fu benedetta in chiesa, né sepolta dentro il recinto del camposanto; ma fuori, presso l'entrata, dove il Maresciallo per carità le fece incidere una lapide. Ora, tutti coloro che muoiono suicidi non possono riposare, come gli altri morti, sotto la terra né altrove; ma seguitano a vagare, senza mai quiete, intorno al camposanto e alla casa da cui si staccarono con violenza. Vorrebbero tornare nella loro famiglia, manifestarsi; ma non possono. Ed ecco perché io non voglio piú dormire: come potrei riposare in pace sapendo che mia figlia non trova sonno? Dopo che la seppellirono io non resistevo in casa nostra a Santa Margherita, con l'idea di lei che camminava intorno, s'affannava, cercava di farsi capire; ed io non potevo capire il mio sangue. Perciò me ne venni sul continente, arruolandomi come soldato. E seguiterò a combattere, finché non avrò raggiunto il mio scopo».

Chiesi al siciliano quale fosse lo scopo di cui parlava.

«Ciò ch'io voglio, - spiegò, - è di venir colpito, un giorno o l'altro. Non ho il coraggio di Assunta, per morire allo stesso modo. Ma se mi colpiranno a morte, allora, diventato uno come lei, potrò ritornare in Sicilia, a Santa Margherita. Andrò a cercare mia figlia, là intorno alla casa, e potremo spiegarci. Io l'accompagnerò, e chi sa che lei non riesca a dormire in braccio a me, come quando era bambina».

Questo fu il racconto di Gabriele; era venuta l'alba, e, spenta la sua luce, egli si accomiatò. Io mi riscossi, dovendo partire; si udiva il suono della pioggia, che non aveva mai cessato durante la notte.

Poco dopo, sulla via fangosa, io già dubitavo se quella visita fosse stata una realtà o soltanto una cosa immaginata nell'insonnia. Ancora, io dubito; e per molti segni mi sembra chiaro che colui non era una figura terrestre. Pure, mi vien fatto di pensare a quel soldato, e a ciò che sarà di lui. Mi domando se avrà potuto ritornare in Sicilia; e se infine Assunta avrà un po' di riposo fra le braccia del padre.

Donna Amalia

Donna Amalia Cardona (che a quel tempo doveva avere sui cinquant'anni, ma ne mostrava trentacinque), era alta piú del comune, non soltanto fra le signore, ma anche in confronto alla media degli uomini; cosí che la si vedeva torreggiare nei salotti e a teatro, in qualsiasi compagnia si trovasse. Di piú, essa portava sempre scarpette dai tacchi sottili e altissimi, per far meglio figurare il suo piedino, che, in contrasto con la statura, aveva piccolo come un piede di bambola. Le sue scarpette parevano uscite dalla bottega d'un orefice piuttosto che da quella d'un calzolaio; e né polvere né fango le toccavano, giacché donna Amalia, a somiglianza delle antiche dame cinesi, non camminava mai, se non all'interno del suo palazzo (ma le sarebbe piaciuto d'essere una Papessa, per avere il diritto di farsi condurre in portantina anche attraverso i suoi giardini e le sue stanze). Le pareva una assurdità contro-natura di sottomettere a fatica i suoi piedini o le sue manine (minuscole anche queste al pari dei piedi) i quali erano fatti solo per figurare, come i gerani sulle logge.

Sebbene tanto infingarda, donna Amalia, tuttavia, non era ingrassata smisuratamente, come molte altre signore della sua età. Le sue membra, non troppo grasse, erano però di un disegno cosí nobile: e la sua ossatura cosí vigorosa sotto le carni delicate, che ella appariva quale una gigantessa sacra, una statua dipinta della Processione. Il colore della sua pelle era di un bruno olivastro, e la testa, piuttosto piccola, di profilo appariva un po' grifagna, per via del naso, fortemente aquilino; ma vista di fronte, ti raddolciva il cuore: in grazia del sorriso, in cui la bocca, piccola e carnosa, mostrava dei denti che somigliavano al gelsomino d'Arabia. E in grazia degli occhi, i quali (sotto i sopraccigli nerissimi e forse troppo folti), erano di un ovale sottile, di un color nero vellutato, lucente; e riflettevano dei pensieri di un'allegria tanto consolante, che, a guardare quegli occhi, ti pareva di sentir dialogare due uccelli.

La ragione per cui donna Amalia non ingrassava troppo era che, nell'intimo di lei, continuava ad ardere, senza mai consumarsi, quel fervore che una donna comune può conoscere quando è bambina; ma che poi si frena in gioventú, e tramonta nell'età adulta. I sentimenti, i pensieri di donna Amalia erano sempre in moto, sempre accesi; e perfino nel sonno non si quietavano giacché il suo riposo era un tale spettacolo di sogni che, a raccontarli, sembrerebbero le Mille e una Notte.

Il segreto del carattere di donna Amalia stava tutto in ciò: che ella, a differenza della gente comune, non acquistava mai, verso gli aspetti (anche i piú consueti) della vita, quell'abitudine da cui nascono l'indifferenza e la noia. Mostrate a un bambino un candelabro acceso: spalancherà gli occhi, agiterà le mani e farà festa come se vedesse una meraviglia della natura. Col tempo, egli s'abituerà alle grazie della vita, e ci vorrà qualcosa di raro per dargli meraviglia e piacere. Non cosí per donna Amalia; essa rimaneva sempre una novellina, e il mondo, per lei, era un teatro d'Opera sempre aperto, con tutte le luci accese. Per esempio: che cosa c'è di piú comune, di piú visto, del sole e della luna? Ebbene: a ogni sole, a ogni luna, donna Amalia si entusiasmava, si incuriosiva, e si tormentava d'invidia come se vedesse passare il corteo della Regina di Saba. La mattina, quando le aprivano le finestre, lei dal suo letto (dormiva su tre guanciali di piume cosí che, pure in letto, sotto i suoi bei riccioli ala-di-corvo e nella camicia da notte di pizzo, pareva assisa in trono), si dava a esclamare, languida, incantata: – Ah, che sole!

Santa Rosaliuzza mia, che sole! Apri, apri tutte le persiane, Antoniuccia, scosta le tende. Ah, beata Vergine del Carmelo, guardate! s'è mai visto un sole simile, mi fa chiudere gli occhi, mi viene quasi male. Questo non è un sole, è un tesoro, questa è una miniera! sembra che a parare le mani, si devano riempire d'oro zecchino. Che si dice, eh? c'è una gran distanza di qui al sole! pare che non la misurino nemmeno col chilometro, ma con gli anni. E si dice che lo stesso Matusalem, se avesse impiegato l'intera sua vita a filare su al cielo senza riposarsi mai, niente; pure con quella testa dura che aveva, non sarebbe arrivato!

E sul primo tempo della luna calante, poteva accadere che donna Amalia svegliasse a grandi scampanellate, nel cuore della notte, le sue cameriere predilette, addette particolarmente alla sua persona (erano tre, e si chiamavano Medina, Cristina e Antoniuccia). E com'esse accorrevano, scalpicciando a piedi nudi, coperte alla meglio e spettinate, trovavano la loro padrona gioiosa, estatica, che diceva: – Ah, figliuzze mie, venite tutte qua; venite tutte qua intorno a me. Io non posso dormire piú! Non vedete che luna è uscita in cielo? Ci coricammo che non c'era, fuori faceva un buio tale che pareva una caverna; e d'un tratto mi sveglio, e che vedo? è uscita una luna! una luna come non s'è mai vista! Questa non è una luna, è un sole! Guardate l'aria! Questa non è un'aria, è una specchiera! Sembra che ad affacciarsi su questa serata uno ci si deva specchiare il viso. Ah, Maria Santissima, madruzza mia dolce, che bellezza di luna! che se ne va per il cielo, come una barchetta per il mare! guardate quanto è bianca! che corpicino candido, che bellezza! Guardala bene, tu, Medina; tu devi vederla bene, perché hai gli occhi verdi, come i gatti. A guardarci dentro, ci si vedono come dei disegni, delle macchie. Si dice che sia la figura della corona di spine e dei chiodi di Nostro Signore. Ma certuni ci vedono due fidanzati che si baciano, e altri una faccia che ride. Tu che ci vedi?

Con gli occhi mezzo chiusi dal sonno, Medina guardava la luna e rispondeva:

– Sí, Eccellenza...

– Come sarebbe a dire: *sí, Eccellenza*! ti domando che cosa ci vedi tu!

– Quelli, Eccellenza, son proprio gli strumenti del martirio di Nostro Signore.

– E tu, Cristina, che ci vedi? eh, che ci vedi, tu?

Cristina osservava attentamente la luna, senza sapere che cosa rispondere. Ma, non interrogata, interveniva nel discorso la piú giovane, Antoniuccia:

– Vi devo dire una cosa, Eccellenza (sarà peccato?) Io la guardo sempre, la luna, l'avrò guardata piú di mille volte, e anche da piú vicino, da sopra la montagna. Beh, quelle figure là, che dite voi, non mi significano niente, a me. Io ci vedo tutto uno scarabocchio.

– Salomone parlò! Savi, *stronomici*, religiosi a migliaia hanno studiato quei disegni nel corpo della luna; ci hanno consumato gli occhi, gli strumenti, ci hanno stampato delle tonnellate di libri! E uno li spiega in un modo, uno in un altro: è un mistero! ma sul piú bello arriva la signorina... come ti chiami tu, di cognome?

– Antoniuccia.

– Dieci con lode! Fin qui l'avevo già imparato da sola. Non il nome di battesimo, t'ho domandato, ma il cognome. Non posso avere in mente tutti i vostri cognomi.

– Ah, scusate. Di cognome faccio Altomonte, Eccellenza. Altomonte Antoniuccia.

– ... arriva la signorina Altomonte, e li mette tutti in castigo con una sola parola. *Quelle figure là sono scarabocchi, non significano nulla*! Lo vuoi sapere che cosa sei, tu, Antoniuccia? una scarruffona!

A queste ultime parole Antoniuccia si faceva rossa: – Scusate, Eccellenza, – balbettava, – quando ho sentito il vostro campanello, sono corsa qua cosí di corsa, che non ho avuto neanche il tempo di pettinarmi, – e, sorridendo confusa, cercava di ravviarsi i capelli con le dita.

Ma donna Amalia già non s'occupava piú di lei; i suoi occhi rimiravano di nuovo la luna, e s'erano fatti pensierosi:

– Curioso! – ella diceva con un sospiro, – a guardarla di qua, mica sembrerebbe tanto lontana. Dicono che quello... che nome aveva, quello che stava giú all'Albergheria? il Balsamo, il Conte Cagliostro! lui, a quanto dicono, ci andò. Medina! tu conoscesti una parente, è vero, del Conte Cagliostro? Le hai parlato?

– Sí, Eccellenza, la conobbi. Si chiama Vittorina. Sua nonna era la figlia di una che fu comare del Santo Battesimo al Conte Cagliostro. Sí, Eccellenza, le parlai.

– E ti facesti raccontare qualcosa di questo viaggio nella luna? In che modo ci arrivò, quel cristiano, e che cosa vide, là dentro?

– Veramente, Eccellenza, su questo viaggio che voi dite non le domandai nulla.

– Somara! Questa era la prima cosa che dovevi domandare!

– A dire la verità, Eccellenza, io non feci nessuna domanda. Mi pareva un poco brutto, domandare, perché certa gente dice che quel signore antico era il diavolo. Non mi pareva buona creanza, domandare. Fu Vittorina che, senza domande, mi parlò di lui. Mi disse che era un grande mago e aveva imparato il segreto per fare l'oro.

– Io dico che colui provava gusto a perdere tempo! Vale proprio la pena di ammattirsi sopra una simile invenzione. Io, per me, questo segreto di fabbricare l'oro lo lascio volentieri al Signore Iddio, che in sette giorni ha fabbricato il cielo e la terra, con tutte le costellazioni, e le miniere d'oro, e per far nascere le creature gli bastava un soffio di fiato, come per accendere delle braci. Se uno vuole l'oro, va dal gioielliere, e lo trova là bello e fatto, e anche lavorato magnificamente. Invece, andare a esplorare i misteri della luna! questa fu davvero una meraviglia! Stammi a sentire, Medina: io non vedo l'ora che sia domani. Ho un'impazienza che mangerei i minuti. Perché ho deciso che tu domani mi condurrai a far visita a quella Vittorina, e ci faremo raccontare ogni cosa.

– Voi volete andare da lei! Scusate se mi permetto, ma voi vi ci trovereste male, Eccellenza. Essa si presenta come una donnetta, ha una presenza modesta, mica si direbbe la parente di un Conte. Abita in un vicolo stretto, dove la Vostra macchina non potrà nemmeno entrare, in cima a un monticello pieno di fichi d'India. Scuserete se sono sfacciata, ma non è per voi, Eccellenza. E la casa, dentro, pare una casa di zingari. C'è una sedia sola, appesa al soffitto, e la gente si siede per terra. Ma la cosa che fa piú impressione (scusate, Eccellenza) è il cattivo odore!

– Eh, che odore sarà mai! Sarà pur sempre un odore cristiano. Ascolta bene adesso il primo comando per te domani, Medina. Appena ti svegli, tu devi andare là su quel monticello, e portare quella Vittorina qui da me. La faremo parlare! Ritiratevi tutte, adesso, figliuzze mie; Antoniuccia, raggiustami bene i guanciali. Noi stavamo tutte qui a conversare, ci pareva d'esser di giorno con questa luna, e invece il sonno è ripassato di qua. Ah, che sbadigli faccio, mi sembra di diventare una tigre. Buona notte, andate... buona notte. Ah, mi si chiudono gli occhi, come fa bene dormire. Un sentimento mi dice che sognerò il Conte Cagliostro.

Questa gran dama aveva viaggiato, aveva girato il mondo, eppure in certi momenti somigliava alle povere barbare dei deserti che non hanno mai veduto nulla; e se un viaggiatore mostra loro un pezzo di vetro che brilla al sole, son tutte estasiate e protendono le mani per vederlo. Naturalmente, donna Amalia amava gli ori, gli argenti, le pietre preziose, e ne possedeva tanti scrigni e cofanetti pieni da mortificare una regina. Pure, oltre ai gioielli veri, continuavano a piacerle quelli falsi, che di solito posson dare soddisfazione a una bambina ignorante o a una contadina o a una misera serva. Ciò che l'attirava non era il valore degli oggetti, ma piuttosto il loro effetto, il piacere che essi le davano a guardarli e a portarli. E siccome, a dire tutta la verità, essa era rimasta sempre mezzo analfabeta e aveva conservato lo stesso gusto incolto di quando era una povera ragazza, le cianfrusaglie d'un venditore ambulante potevano piacerle quanto le piaceva il tesoro del

Gran Visir, ed era capace di fermarsi a contemplare un carrettino della Fiera come se fosse davanti a una vetrina di Parigi. Quando c'erano le fiere dell'Epifania, o di qualche altra festa, essa faceva fermare l'automobile all'ingresso della piazza, nelle ore meno affollate; e piano piano, coi suoi piedini passeggiava su e giú davanti alle baracche, ai carretti; e ogni momento le si accendevano gli occhi, e voleva questo e quello. Cosí che non bastavano due servitori per caricarsi di tutti i suoi acquisti. E arrivando a casa, era tutta impaziente di riguardare i regali che s'era comperata. Appena messo piede in anticamera, li sciorinava sulla consolle di marmo, e rideva di piacere, eccitata, ansiosa, e si provava davanti allo specchio gli orecchini di vetro colorato, i bracciali di perline e le collane di nocciòle o di legno dipinto. Se poi si recava a qualche ricevimento, era capace di lasciare a casa i brillanti e di ornarsi con una collana di nocciòle o di castagne secche che, quella sera, le pareva piú bella. Essa faceva cosí per la sua ignoranza e magnificenza e spensieratezza di cuore; ma tale era il suo prestigio fra le dame della città, che, se una sera donna Amalia compariva con una collana di castagne secche, la sera dopo dieci dame, comportandosi proprio come scimmie, lasciavano a casa brillanti e smeraldi, e sfoggiavano monili di castagne secche nei teatri e nei saloni. Ora però succedeva che, mentre addosso a donna Amalia le castagne secche figuravano preziose come diamanti, addosso alle altre dame esse avevano assolutamente l'aria di castagne secche.

La vita di donna Amalia non era libera da dispiaceri. Infatti, lo abbiamo già detto, il cuore di donna Amalia s'era conservato bambino; e, come succede ai bambini, non sempre s'accontentava di ammirare le cose che avevan l'onore di piacergli, ma spesso avrebbe voluto possederle per sé, a dispetto della ragione. E se una cosa di cui s'era invaghito non si poteva avere assolutamente (come per esempio l'Alhambra o i tesori dell'Imperatore cinese), donna Amalia si struggeva e si tormentava. Non ch'essa fosse tanto insensata da non capire l'assurdità d'un simile tormento; anzi, il piú delle volte lei stessa, in tali occasioni, rideva follemente dei propri capricci. Ma, pure ridendo, non poteva ricacciare un sentimento amaro, di rivolta e quasi di disgusto. Le era odioso il pensiero che (a meno di un qualche sconvolgimento imprevedibile, e indipendente da lei), ella non avrebbe potuto mai, finché era viva, passeggiare da padrona in quei bei cortili dell'Alhambra o adornarsi dei braccialetti fantastici dell'antica sovrana cinese. L'impossibilità la turbava e la inquietava. E non aveva altra risorsa che immaginare (o magari sognare la notte), di spingere col suo sorriso il suo sposo don Vincente, in testa a un manipolo di prodi, alla conquista dell'Alhambra; ovvero di insinuarsi lei in persona nella Sala del Tesoro, a Pechino, e, infrante le custodie, rubare quei monili che giacevano là sacrificati, dietro un vetro. Quindi, nasconderli in seno, e risalire affannosa sul suo palanchino che la condurrebbe in salvo, fuggendo, oltre la Grande Muraglia.

Tali passeggere malinconie di donna Amalia erano state la sola croce di don Vincente, suo sposo. Giacché il sommo amore di questo Hidalgo e la sua perpetua delizia, era di suscitare, di rimirare e di intrattenere le felicità infantili di donna Amalia. Noi certo non possiamo dargli torto. C'è spettacolo piú grazioso, piú consolante della felicità infantile? E quale maggior fortuna che il poter accendere una tale specie di felicità nella persona piú amata, nella propria moglie? Con l'animosa cortesia dei Cavalieri spagnoli, quel nobile Catalano coltivava la sua donna Amalia come una pianta di rose; la accarezzava come un'oziosa, appassionata gatta di Persia; le offriva i piú degni spettacoli della terra al modo di un re che ospita un altro re; e le recava i propri omaggi e regali come a una santa. Ora ad ogni nuova offerta la cara donna Amalia arrossiva, rideva e palpitava come alla prima, e cioè come il giorno che aveva ricevuto da lui l'anello di fidanzamento (e fu questo il primo anello d'oro da lei posseduto, giacché, fino a quel giorno, essa era stata cosí povera che a mala pena poteva comperarsi un anellino di ottone al festino di Santa Rosalia).

Inutile aggiungere che Vincente sorvegliava lo spuntare dei desideri nel cuore di Amalia come un fanciullo che alleva un uccellino del Paradiso: ad ogni pispiglio del suo dilettissimo egli si domanda, con la mente sospesa: «Che intenderà chiedermi? che gli manca?» Ma si davano dei casi in cui, malgrado tutta la sua volontà di vedere Amalia contenta, Vincente non poteva dirle: «Señora, è vuestro!»

Questa era la croce di don Vincente; ma da parte sua donna Amalia, per non amareggiarlo, cercava di nascondergli le proprie pene, allorché era assalita da una voglia senza speranza.

Tolta questa piccola ombra, nessun marito potrà mai dirsi fortunato come Vincente. Difatti, è risaputo che la consuetudine alle grazie del mondo (la quale rende presto noiosa la vita), ancor piú dei poveri perseguita i ricchi, per i quali sono consuete moltissime grazie che per gli altri rimangono rare. Un marito ricchissimo, poi, è un uomo disgraziato: perché, ad ogni giorno che passa, diminuisce, per lui, quella che è una delle piú dolci soddisfazioni di un marito: e cioè di rallegrare e festeggiare con bei doni la propria sposa. Una donna comune, anche se nata povera, s'abitua presto alla ricchezza. E viene presto il giorno che un rubino è per lei consueto, insignificante, come un'arancia per la figlia d'un fattore.

Ma, per fortuna nostra, donna Amalia non era una donna comune. Ed è impossibile trovare delle parole degne per dire quale divertimento, quale emozione, quale perpetua celebrazione fu, per il suo sposo, la vita a fianco di lei. Egli era sceso per caso a Palermo circa trentaquattro anni prima; vi aveva conosciuto donna Amalia (la quale era allora una povera ragazza di quindici anni) e pazzo di felicità l'aveva sposata nella Chiesa della Martorana, con una festa nuziale che rimase poi fra le leggende di Palermo.

Veramente, erano stati in due a volere in isposa Amalia: don Vincente, e un suo amico, don Miguel, ch'era venuto insieme con lui a Palermo e aveva conosciuto

Amalia insieme con lui. Tutti e due, non appena l'avevano conosciuta, avevano deciso: *O Amalia o la morte.* Quanto ad Amalia, essa, per causa loro, aveva passato dei giorni disperati, durante i quali non faceva che piangere: giacché non sapeva quale di loro due scegliere, voleva bene a tutti e due, e non voleva fare un torto né all'uno né all'altro. Erano entrambi giovani, entrambi simpatici, entrambi catalani. Don Miguel era marchese, e don Vincente soltanto Cavaliere; ma in compenso don Vincente era piú alto di don Miguel, e aveva una voce piú melodiosa; mentre don Miguel, da parte sua, aveva la vita piú sottile e il sorriso piú dolce. La pena di Amalia era arrivata a un tal punto, che, per finirla, ella s'era quasi decisa a rinchiudersi per sempre in un convento di sepolte vive. Ma i suoi due innamorati, per evitare un simile epilogo, risolvettero la questione con un duello. Don Miguel ne uscí con una leggera ferita alla spalla; e dopo aver abbracciato e baciato don Vincente, se ne partí solo. Pare che, negli anni seguenti, egli abbia viaggiato qua e là per il mondo, senza poter dimenticare Amalia, cercando invano un'altra che le rassomigliasse. Finché si ritirò in uno dei suoi castelli in Catalogna, e morí di malinconia. Difatti, dopo aver conosciuto Amalia, tutte le sue ricchezze gli parevano sabbia del deserto, se non poteva goderle insieme a lei.

Lo scialle andaluso

Fin da ragazzina, Giuditta, a causa del suo amore per il teatro e per la danza, s'era messa contro tutti i parenti: in quella buona famiglia di commercianti siciliani, la professione di danzatrice (sia pure di danze serie, *classiche*) era considerata un crimine e un disonore. Ma Giuditta, nella lotta, si condusse da eroina: studiò la danza di nascosto, e a dispetto di tutti. E appena fu abbastanza cresciuta in età, lasciò Palermo, la famiglia, le amiche, e se ne andò a Roma, dove, pochi mesi dopo, già faceva parte del Corpo di Ballo dell'Opera.

Cosí, il Teatro, che era stato sempre il suo Paradiso, l'aveva accolta! Giuditta, nel suo entusiasmo, si diceva che questo era solo il primo passo: aveva sempre pensato di essere una grande artista, destinata alla gloria, e un suo giovane corteggiatore, un musicista del Nord Italia, conosciuto all'Opera, la incoraggiò in questa convinzione. Giuditta lo sposò. Egli era bello, e veniva stimato da tutti una promessa per l'arte; ma, purtroppo, tre anni dopo le nozze la lasciò vedova con due piccoli figli gemelli: Laura e Andrea.

Pure avversando la sua professione e il suo matrimonio, i parenti siciliani non le avevano rifiutato la dote. E con questo denaro, aggiunto agli scarsi guadagni di ballerina, la vedova poteva vivere alla meglio, insieme coi due gemelli. La sua carriera non aveva ancora fatto nessun progresso; ma, nell'intimità, Giuditta Campese si comportava da primadonna. La casa risplendeva dei suoi orgogli, talenti, magnificenze: e nelle poche stanze del suo appartamento, regnava la certezza che lei fosse una *stella*.

Però, si venne presto a scoprire che la sua passione per il teatro, già tanto contrastata dalla sua famiglia paterna, incontrava un nuovo avversario là dove Giuditta non se lo sarebbe certo aspettato. Difatti, il nuovo avversario era una persona nata e cresciuta fra gente di teatro; e chi respira naturalmente quest'aria fin da principio, non dovrebbe ritrovarsi con certi pregiudizi provinciali. La persona di cui si parla era il figlio di Giuditta, Andrea.

Il figlio maschio di Giuditta, da bambino, era meno sviluppato della sua gemella nelle membra e nella statura, ma non meno grazioso di lei. Era bruno come lei e come sua madre, ma si distingueva da loro perché i suoi occhi (ereditati, sembra, da un'ava paterna), erano di un raro color celeste. Questi occhi celesti, di solito piuttosto rannuvolati, svelavano in pieno la loro natura luminosa soltanto quando guardavano Giuditta: bastava che Giuditta apparisse da lontano, perché gli occhi celesti accendessero tutta la loro bellezza festante. Però, fino dai suoi primissimi anni, prima ancora di aver imparato a parlare in modo comprensibile, Andrea manifestò chiaramente un odio smisurato per la professione di sua madre.

Fuori del suo lavoro, la vedova conduceva vita ritirata. E quando non aveva da recarsi in teatro, per lo piú passava le sue serate in casa, sola e tranquilla. In tali sere, Andrea (il quale, insieme con la sua gemella, si coricava ogni giorno prima del tramonto), si addormentava subito placidamente accanto a Laura, e dormiva tutto un sonno fino al mattino. Ma nelle serate di prove, o di spettacolo, mentre Laura, secondo il solito, dormiva come un angelo, il sospettoso Andrea perdeva la pace. Benché nessuno glielo avesse detto, il suo cuore lo aveva avvertito misteriosamente che sua madre doveva uscire di casa. Allora, Andrea si addormentava con fatica, di un sonno capriccioso e incerto: per risvegliarsi di soprassalto, come al suono d'un campanello, nel momento stesso che Giuditta si ritirava nella propria camera per vestirsi. Sceso dal letto, a piedi nudi egli correva alla camera di sua madre; e simile a un povero pellegrino si fermava là, dietro quell'uscio chiuso, a piangere sommessamente.

Il dramma, incominciato cosí, poteva avere svolgimenti diversi. Certe volte, Andrea rimaneva là, a piangere, quasi in segreto, per tutto il tempo che sua madre si vestiva; ma nel momento stesso che, pronta per uscire, essa apriva l'uscio, lui correndo a precipizio ritornava a letto, a nascondere il pianto sotto il lenzuolo. Giuditta non voleva mostrargli pietà; e per lo piú se ne andava dritta e impassibile, fingendo di non aver udito quel pianto, né la corsa di quei piedi nudi. Qualche rara volta, però, a suo proprio dispetto, aveva troppa pietà di lui e gli correva dietro, cercando con molte gentilezze di consolarlo. Ma lui si chiudeva gli occhi coi pugni, ricacciando i singhiozzi, e rifiutava ogni falsa consolazione. La sola consolazione vera, per lui, sarebbe stata che Giuditta rimanesse in casa, invece di andare a teatro; ma bisognava esser pazzi per chiedere una cosa simile alla danzatrice!

L'audacia di Andrea, certe sere, arrivava fino a una simile pazzia! Dopo aver pianto un poco, secondo il solito, dietro l'uscio di sua madre che si vestiva, d'un tratto egli si scatenava e incominciava a tempestare l'uscio coi pugni. Oppure, frenando le lagrime, aspettava con pazienza che sua madre fosse pronta; e quando infine la vedeva apparire (con la sua andatura da leonessa, il suo piccolo e orgoglioso cappello, e la veletta nera sul volto bianco, senza belletti né cipria), le si aggrappava alle vesti, le abbracciava i ginocchi, e la implorava con accenti disperati di non andare a teatro, almeno stasera, di rimanere a fargli compagnia! Lei lo accarezzava, lo lusingava, e cercava inutilmente di confortarlo all'inevitabile; finché, spazientita, con brutalità si liberava di lui, e spariva, sbattendo la porta. E Andrea si abbandonava sul pavimento dell'anticamera, e rimaneva lí, a gemere, come un infelice gattino lasciato nella canestra mentre la gatta, spensierata, se ne va a spasso.

Giuditta aveva sperato che tutto ciò fosse un capriccio infantile, il quale guarirebbe con l'età. Invece, gli anni passavano e il capriccio di Andrea cresceva con lui. La sua avversione per il teatro, passione eterna di sua madre, si dichiarava in tutte le occasioni e si sviluppava nel suo giudizio come una inimicizia irrimediabile. Naturalmente, Andrea non si umiliava piú a supplicare e a piangere come al tempo che aveva tre o quattr'anni di età; se ne guardava bene, ma il suo odio, privato di quegli sfoghi puerili, diventava ancora piú feroce.

Senza questo suo capriccio ostinato, Andrea non sarebbe stato affatto un figlio cattivo. Non mentiva mai, era bravo nello studio; ed era estremamente affettuoso con sua madre, che seguiva per tutte le stanze, ricercandone ogni momento l'attenzione con espansioni turbolente e carezzevoli: tanto che, non di rado, se era presa da altre occupazioni o da altri pensieri, Giuditta doveva respingerlo come un importuno. Quando succedeva (non troppo spesso, veramente) che Giuditta lo conducesse a passeggio, nemmeno il re, uscito in carrozza con la regina, avrebbe potuto mostrarsi piú glorioso e premuroso di lui; e i suoi occhi splendevano di luce piena dal principio alla fine della passeggiata.

Le poche sere che Giuditta non usciva di casa, e rimaneva in famiglia, lui, che per solito era pallido, si colorava in volto come un fiore. Diventava d'umore spensierato e angelico, faceva prodezze, si vantava. Rideva sfrenatamente ad ogni piccola avventura casalinga (per esempio, se il gatto dava la caccia a una tignola, o se Giuditta non riusciva a rompere una noce); e raccontava con drammaticità le trame del *Corsaro Nero*, di *Sandokan alla riscossa*, dei *Pirati della Malesia*, e di altri simili romanzi di capitani e di bucanieri, che erano la sua passione. Ogni tanto, abbracciava sua madre come se volesse incatenarla; si mostrava pieno di compiacenza per Laura; e ascoltava con gravità e modestia le loro conversazioni di donne. Ma se veniva menzionato il teatro, o la danza, o l'Opera, i suoi occhi s'oscuravano, la sua fronte s'increspava, e la famiglia doveva assistere a una metamorfosi straordinaria. Come se un colombo, o un galletto, si trasformasse d'improvviso in un gufo.

In certi pomeriggi di grandissima festa, la sorella Laura usciva di casa esultante per assistere a qualche spettacolo diurno all'Opera, dove spesso, al seguito di sua madre, veniva perfino ammessa nel retroscena e nei camerini! Rientrando in casa (dove Andrea, escluso volontario, aveva passato il pomeriggio tutto solo), essa pareva una pazza, tanto era esaltata; ma di fronte agli sguardi terribili del fratello, doveva soffocare, alla prima parola, ogni tentazione di fare racconti. E questo silenzio le costava una fatica tanto innaturale, che poi, durante la notte, essa parlava in sogno.

Andrea rifiutò sempre di metter piede in un teatro. La semplice proposta di visitare simile luogo, a cui doveva tante sere di pena e tante lagrime, lo faceva impallidire di rivolta.

In piú d'una occasione avvenne che Giuditta portò dall'Opera qualcuno dei suoi costumi di ballerina, e lo indossò in casa, per farsi vedere. Un giorno, si vestí da zingara, con gonna scarlatta, il petto seminudo, e bracciali e collane di monete d'oro. Un altro giorno, si vestí da cigno, con bustino coperto di brillanti, calze di seta bianchissima, e tutú di piume. Un'altra volta si vestí da Nereide, con una corta guaina di scaglie cangianti, e per manto una rete da pesca. Un'altra volta ancora si vestí da *Spirito della Notte*, e una volta da *pastorella orientale*.

Il suo corpo s'era un poco appesantito, dal tempo ch'era ragazza; ma era una bella donna con la sua espressione risentita, i suoi occhi morati, e la carnagione bianca da spagnola. Oltre a sua figlia Laura, veniva a rimirarla, in camera, la domestica a mezzo servizio a cui s'aggiungeva la portinaia del caseggiato. Si può dire che questo fosse l'unico pubblico di ammiratori concesso, finora, a Giuditta: difatti, la sua carriera teatrale, in realtà, non aveva fatto nessun passo avanti. Giuditta Campese, ancora oggi, non era nulla di piú di quel che era stata il primo giorno della sua assunzione all'Opera: un'anonima ballerina di fila del Corpo di Ballo. Ma agli occhi estatici del suo pubblico familiare, ella era, senza dubbio, una grande stella del Teatro.

Dopo aver fatto ammirare il proprio costume, si esibiva in una danza, suscitando applausi entusiasti. A questo punto, un passo infantile, in corsa veloce, attraversava il corridoio, e, quasi furtivo, sulla soglia della camera appariva Andrea. Alla vista di Giuditta, i suoi occhi spalancati si empivano di fulgida ingenua dedizione; ma, dopo un istante, egli ritorceva il viso da lei. E, fatte lampeggiare sul pubblico le pupille ostili, si ritraeva nell'angolo fra il corridoio e l'uscio, come uno che deve assistere, senza poterlo impedire, al furto della sua proprietà.

Coriste, ballerini e altri simili personaggi che talora frequentavano la casa, erano peggio che bestie feroci, per lui. Durante le loro visite, per solito andava a confinarsi in fondo all'appartamento, dentro uno sgabuzzino polveroso che riceveva a mala pena la luce da una finestruola. Ma se Giuditta coi suoi compagni, là in salotto, provava qualche scena o figura di danza, nemmeno in questo carcere Andrea riusciva a difendersi dai suoi mostri. Sebbene egli si sforzasse di non ascoltare, il suo udito, facendosi molto piú sottile del solito, penetrava attraverso gli usci, e raccoglieva le note del grammofono, le voci straniere, i battiti numerati delle mani, i tonfi dei salti, i passi strisciati, i soffi delle giravolte! L'incarcerato era conteso fra l'ira, l'invidia, e la tentazione di scendere fino in fondo al proprio supplizio assistendo a quell'odiato spettacolo. Si poteva credere che una spia avesse denunciato, di là, questa sua tentazione: ecco un araldo, la sorella Laura, che arrivava tutta ansante al suo uscio sbarrato per invitarlo in salotto da parte della madre, magnificando le prodezze dei ballerini. Con insulti e minacce Andrea metteva in fuga l'araldo; ma il peso di tante prove gli diventava troppo amaro. E un istante dopo, lo si sentiva chiamare sua madre a gran voce, con estrema autorità.

Esaltata e raddolcita dalle sue care danze, Giuditta accorreva. Chiamava per nome il figlio: nessuna risposta. Lo richiamava due, tre volte: e finalmente l'uscio si apriva. La ballerina entrava con passione, e ridendo di quell'orrida clausura abbracciava il triste recluso, lo baciava sui capelli e in fronte: – Sei freddo, bellezze sante, cuore degli occhi miei! Questo figlio è pazzo! Che colpa facesti tu che vuoi incarcerarti, con tante belle stanze che hai! La madre tua non t'ha mica fatto per tenerti in mezzo ai bauli e ai ragni! Con quella bella saletta che hai, col balconcino! E la musica del grammofono, e tanti bravi artisti, che mi domandano tutti di te! Penseranno che Andreuccio mio sia gobbo o storpio, che non si lascia mai vedere! Andiamo, facciamo vedere a tutti che bel figlio maschio ha la Campese! Perché fai questa faccia amara? Nemmeno se di là ci fosse in visita Nerone! Son tutti amici, colleghi di lavoro, signori e signore cosí belli che fanno faville, e la gente paga il biglietto per guardarli! E adesso son venuti qui a danzare per Lauretta e per Andrea! Poi ci sono anche le paste, c'è il marsala, e vogliamo brindare tutti al padrone di casa, a te! Su, ci faccia questa grazia, mio bel lanciere, venga a danzare insieme a noi!

E, con un passo proprio di danza, Giuditta, preso Andrea per la mano, lo traeva con sé nel corridoio. Ma, giunto appena sul corridoio in fondo al quale, per un uscio lasciato semiaperto, s'intravvedeva il movimento del salotto, risonante di vocio, Andrea, come se avesse scorto la bocca dell'inferno, si svincolava da sua madre, per rinserrarsi di nuovo nella sua prigione. Di qua, gridava alla madre, fuori: – Va' via! Vattene! Torna da quella gentaccia! – Ma, ritrovandosi solo, piangeva.

Cosí, Andrea pagava i propri odii infliggendo tormenti a se stesso. Si conserva memoria, però, di qualche caso, in cui la sua violenza si sfogò in altri modi. Un giorno, per esempio, egli rivoltò con la faccia contro il muro, come tante anime in punizione, le fotografie in cornice che ornavano le mensole del salotto. Erano direttori d'orchestra, coreografi, primi ballerini, e altre celebrità: tutte fotografie carissime a sua madre, soprattutto per le dediche, intestate a lei, Giuditta Campese, con nome e cognome.

E un giorno che un amatore di ballerine aveva mandato a Giuditta, in omaggio, un mazzo di rose, Andrea aspettò ch'ella fosse uscita di casa per le consuete prove in teatro; e d'un tratto, sotto gli occhi sbigottiti di sua sorella Laura, si dette a rompere e a straziare quelle rose, con una collera selvaggia. Poi le gettò in terra e le calpestò. In tale occasione, Giuditta arrivò a chiamarlo delinquente e assassino.

Fra queste pene, passava l'infanzia di Andrea Campese.

Verso i dieci anni, dovendo prepararsi a ricevere la Cresima e la prima Comunione, Laura e Andrea trascorsero due settimane rinchiusi: lei in un istituto di suore, e lui in un convento di padri salesiani. Prima di questa occasione, la loro istruzione religiosa era stata assai trascurata; e la vita pia del convento fu un'esperienza nuovissima per i due gemelli. Nell'esistenza di Laura, una tale esperienza, e gli insegnamenti della fede, non lasciarono, poi, che una traccia leggera; ma nell'esistenza di Andrea, tutto cambiò. Subito, appena lo rivide alla fine della clausura, il giorno della cerimonia, Giuditta si accorse che suo figlio non era piú lo stesso. Invece di slanciarlesi incontro con passione, com'era da aspettarsi dopo una separazione cosí lunga, Andrea ricevette il suo bacio con un'aria di riserbo quasi severo. La prima ruga, quella della meditazione, segnava la sua fronte, dandogli una espressione grave che contrastava coi suoi tratti infantili e con la sua persona rimasta perfino troppo piccola per la sua età. Ed egli rispose con ritrosia e quasi con un poco d'impazienza alle molte domande di sua madre.

I sacerdoti che l'avevano istruito, e che lo guardavano con grande compiacimento, dissero a Giuditta che durante quel breve corso di religione egli era stato l'alunno piú attento e fervido di tutti, e aveva mostrato per le cose celesti un interesse raro, e superiore ai suoi anni. Sembrava, dissero, avido del pane degli angeli, come se, fino alla prova presente, gli fosse mancato il suo alimento naturale.

Un breve segno di frivolezza mondana riapparve in lui quando fu l'ora d'indossare l'abito nuovo, portatogli da sua madre per la cerimonia: che era di saglia turchino scuro, con bavero di velluto. Andrea era stato sempre piuttosto ambizioso riguardo ai vestiti, e non nascose il suo piacere; e al trovare, poi, nel taschino della giacca, un fischietto d'argento appeso a un cordoncino di seta (ch'era il tocco supremo dell'eleganza, secondo certe sartorie francesi per bambini), dichiarò, con un sorriso di soddisfazione, che portare un fischietto come quello era un'usanza propria dei Comandanti e dei Pirati. Si ritenne però, vincendo forse una sua tentazione, dal provare il suono del bellicoso strumento. E, passato quell'unico momento di leggerezza, dopo, per tutta la cerimonia della Cresima, apparve cosí intento ed estatico che perfino il vescovo lo notò fra gli altri e accarezzandolo gli disse: – Ah, che bravo e bel soldatino della chiesa! – Venuto, per lui, il momento di ricevere l'Eucarestia i suoi occhi levati verso il calice splendettero d'una tale innocenza e gloria che sua madre, al vederlo, ruppe in pianto; ma Andrea non parve udire i suoi singhiozzi. Ricevuta l'Ostia, chiuse gli occhi, e parve allora che nella cappella si fosse spenta una luce. Quindi rimase per parecchi minuti raccolto, in ginocchio, col viso fra le mani; e Giuditta, guardando la sua testa china dai capelli ben pettinati e lisciati per l'occasione, si diceva: «Chi sa che grandi pensieri passano, in questo momento stesso, nella mente di quell'angelo!» I begli occhi riapparvero infine, ma, per tutto il tempo che durò la Messa, rimasero rapiti a fissare le luminarie dell'altare. «*Neppure uno sguardo per sua madre*», pensò Giuditta.

Finita la cerimonia, Giuditta si riportò a casa i suoi figli. Il cancello del convento s'era appena chiuso dietro di loro che già Laura, con leggerezza, smaniava di ritornare ai propri giochi. Nel lungo vestito da sposa della

Prima Comunione, col velo e la corona in testa, essa prese a correre allegramente lungo il viale che portava a casa; meritandosi i rimproveri di alcuni passanti, i quali la richiamarono al contegno che si conveniva al suo abito.

Ma Andrea invece camminava assorto, senza occuparsi di sua madre e di sua sorella, come uno straniero.

Da quel giorno, egli si comportò in casa come se la vita famigliare e gli eventi domestici non lo riguardassero piú. Le sue rivolte, i suoi odii e i suoi capricci erano finiti; ma con essi pareva spento anche il suo affetto per la madre. Se, in sua presenza, venivano menzionati la danza e il teatro, o si alludeva in qualche modo alla detestata professione di Giuditta, sul suo volto appariva solo un'ombra di disprezzo. Non meno di prima, rifuggiva dalla compagnia di ballerini, attori, cantanti, e di tutto quel mondo amico di Giuditta; ma questa sua volontà di appartarsi non aveva piú il medesimo significato di prima. Anche se non c'erano visite, adesso, lui amava appartarsi; e non cercava piú nemmeno i suoi compagni, non giocava piú con la sorella, pareva sempre assorto in pensieri troppo difficili per la sua età, cosí che Giuditta temeva dovesse cadere ammalato. Era estate, le scuole s'erano chiuse, ma lui leggeva per ore dei libri ricevuti in prestito dai padri del suo convento dove spesso si recava in visita. I padri gli spiegavano i punti piú difficili dei libri letti, e ne ragionavano insieme a lui, incantandosi alle sue osservazioni. La ruga della meditazione s'era ancor piú scavata sulla sua fronte.

Proprio in quei giorni, nella chiesa del quartiere parlava ogni domenica un predicatore famoso. In mezzo alla folla che accorreva alle sue prediche non mancava mai un devoto alto poco piú di un metro, che, a giudicare dai vestiti poveri, trascurati si sarebbe detto quasi un ragazzaccio di strada; e i cui lucenti occhi azzurri fissavano il pulpito, pieni di gratitudine e di interrogazione. Un giorno, che il predicatore parlava della Passione di Cristo, quell'attento ascoltatore si commosse al punto che proruppe in singhiozzi disperati.

Ma si ricordano altri episodi, ancora piú notevoli, di quella santa estate di Andrea.

In un quartiere lontano della città, presso una grande basilica, si levava un'altissima scalinata detta la *Scala Santa*, che pellegrini e fedeli venuti da ogni parte del mondo usavano percorrere in ginocchio, e talvolta a piedi scalzi, per meritare l'indulgenza divina. Sulle pareti laterali della scala erano affrescate le varie stazioni della Passione, e sul fondo della loggia che conchiudeva la sommità splendeva un mosaico trionfale di santi e di martiri tutti ornati d'oro. I quali parevano attendere lassú il pellegrino, per festeggiarlo al termine della sua penitenza.

Un pomeriggio presto si trovarono a passeggiare intorno alla Basilica due giovani ballerine dell'Opera, che abitavano in quelle vicinanze. Erano le grandi ore deserte della canicola estiva; e passando davanti alla Scala Santa le due ballerine notarono che alla base della gradinata, là dove i fedeli, scalzandosi per iniziare l'ascesa, usavano deporre le loro calzature, c'erano solo due sandali minuscoli, molto usati e impolverati. A levar gli occhi, poi, si scorgeva, in alto in alto, un minuscolo pellegrino unico e solo, che avanzava scalzo in ginocchio, e toccava ormai quasi il sommo della scala. La piccola misura di quei sandali, e del loro proprietario penitente, meravigliò le ballerine: giacché, secondo la norma, soltanto gente adulta compieva simili voti faticosi. Esilarate dallo spettacolo insolito, le due ballerine, ch'erano d'indole leggera, concertarono uno scherzo. E raccolti quei piccoli sandali, si nascosero con essi dietro il muro della scala, aspettando la discesa del solitario devoto. Dopo un'attesa piuttosto lunga, eccolo finalmente. Con sorpresa le due nascoste riconobbero allora il figlio di Giuditta la danzatrice che lavorava nel corpo di ballo dell'Opera e della quale entrambe frequentavano spesso la casa come compagne di mestiere.

Ridisceso al piede della scala, egli volse il viso madido di sudore alla ormai lontana loggia della cima, e, fattosi il segno della croce, ripose in tasca un piccolo rosario argentato. Quindi si volse a cercare le proprie calzature; e, non trovandole, girò uno sguardo corrusco e selvatico per lo spiazzo, con l'aria di un lupo non divezzato ancora, che s'inoltri in un bosco infido. Lo spiazzo, bruciato dal sole, era deserto; e lui volse indietro la testa, gettando un rapido sguardo ai gradini piú prossimi della scala. Dopo di che, senza piú cercare le sue scarpe, si girò d'un balzo e, a piedi nudi, se ne fuggí via.

Le due ballerine, che avevano rischiato di soffocare dal ridere, si precipitarono allora fuori dal nascondiglio, chiamando a gran voce: Campese! Campese! Andrea si arrestò, e al riconoscere le due ragazze, che gli recavano i suoi sandali, avvampò in viso. – Abbiamo trovato queste scarpe, – gli disse la ballerina piú anziana, con aria di finta ingenua, – sono tue? – Egli s'impadroní dei sandali, li buttò in terra, e senza curarsi di allacciarli, come fossero zoccoli, v'infilò i piedi. – Oh! – protestò la ballerina, – che modi son questi? Ti ritrovo le scarpe, e tu non ringrazi nemmeno? – Ti sei almeno ricordato, – intervenne la seconda ballerina, – di dire una avemaria anche per noi? – Ma a tali parole Andrea non dette altra risposta se non uno sguardo cosí aggrondato che quelle due matte, loro malgrado, provarono soggezione. Quindi egli volse loro le spalle, e, trascinando in terra i suoi sandali sganciati, veloce si allontanò.

Questo episodio, e altri simili, fecero presto conoscere ai compagni di Giuditta, e al vicinato, la vocazione di Andrea. Si seppe che il figlio della Campese rinunciava a piaceri e divertimenti, e aveva distribuito in dono il suo fischietto d'argento, la sua pietra focaia, la sua bussola, e tutti gli altri oggetti che gli erano cari, per meritare meglio, coi sacrifici, la confidenza di Dio. Contro il volere di sua madre, si sottoponeva al digiuno, rinunciava ai cibi che gli piacevano di piú; e talvolta, nella notte, scendeva dal letto, in cui, fin dalla prima infanzia, dormiva al fianco di sua sorella Laura, e si coricava sul nudo pavimento: cosí, infatti, usavano fare i grandi Santi di cui aveva letto le storie. Quel bugigattolo buio dove, in altri tempi, soleva nascondere le sue ribellioni, era diventato il suo rifugio preferito; e un giorno, ch'egli aveva trascurato di chiuderne a chiave l'uscio, Giuditta lo sorprese là inginocchiato in terra, con le mani giunte e gli occhi pieni di lagrime che miravano incantati la finestra: come se in quel vetro polveroso vedessero delle figure divine. Da piú di un'ora egli stava cosí: e i suoi ginocchi eran tutti rossi e indolenziti.

La sola virtú cristiana che Andrea non praticasse, era l'umiltà; al contrario, aveva assunto verso tutte le persone (che non fossero ministri del cielo), un atteggiamento di riscatto e di fiero privilegio. Ma la superbia, su quel volto infantile, faceva sorridere la gente, invece d'irritarla.

Egli era considerato da tutti quasi un santo, e molte madri lo invidiavano a Giuditta. Lei, però, che prima aveva spesso trattato da importuno l'affetto eccessivo di Andrea, provava adesso, talvolta, un disappunto amaro al vedere che lui non aveva piú a cuore nient'altro che il Paradiso, e s'era dimenticato addirittura d'esser figlio d'una madre. Quand'ella, adesso, rimaneva a casa la sera, lui (che in altri tempi celebrava queste serate come una gran festa), era capace di lasciarla in cucina con Laura, per ritirarsi in camera o nel suo bugigattolo. Un pomeriggio, che Laura si trovava in visita da un'amica, avvenne perfino (cosa inaudita), ch'egli lasciò sua madre sola in casa, per recarsi a visitare i suoi prediletti padri! E un giorno che Giuditta lo invitò a passeggio, lui, che prima aspettava questi inviti come la grazia suprema, accettò con freddezza, senza nessuna gratitudine. E per tutta la passeggiata, tenne un contegno imbronciato e distratto, come se fosse, da parte sua, una grande concessione perder tempo insieme con lei.

Per orgoglio offeso, Giuditta non lo invitò piú: «Se ci tiene, – pensò, – me lo chiederà lui stesso, di andare insieme a passeggio». E Andrea non glielo chiese mai. Qualche volta, nell'uscire di casa, al momento di salutarlo, Giuditta credette di cogliere nei suoi occhi uno sguardo interrogante e spaurito; ma probabilmente fu un'illusione, e infine, col passar dei giorni, egli non parve piú nemmeno accorgersi della presenza, o delle assenze, di sua madre. Quand'ella, sul punto di uscire, lo salutava, egli rispondeva al suo saluto con indifferenza, senza levar gli occhi dal libro.

Dov'era finita la sua tenerezza? dove, i suoi trasporti appassionati? Egli non rispondeva alle carezze di sua madre, o addirittura le sfuggiva. E se poi Giuditta gli faceva notare l'ingiustizia del suo contegno, la guardava con quella sua nuova espressione di distacco sdegnoso, quasi a dirle: «Che pretesa è la tua, ch'io m'abbassi ancora a certe svenevolezze e smorfie da bambini? Non è piú quel tempo, signora mia. Ben altro è, adesso, il luogo del mio affetto e della mia devozione; e là non c'è posto per una volgare ballerina come te. Occupati delle tue grandi faccende, e non disturbarmi». Egli aveva un quaderno, dove talvolta lo si vedeva scrivere a lungo, gli occhi intenti e i sopraccigli corrugati. Giuditta, di nascosto, andò a sfogliare questo quaderno, e scoprí ch'esso conteneva delle poesie, di cui ecco un esempio:

IL SIGNORE PARLA A CAINO

Che facesti, o Caino infame? Hai fatto un'impresa
crudele!
Tu hai ammazzato il tuo fratello Abele!!!
Abele è in Paradiso, e l'odiato invidioso
è unghiato dalle tigri, al ner deserto, peggio d'un uom
lebbroso.
Ma il Grande Iddio gli dice: – Non pianger, povero figlio.
Guarda l'Oceano! Qua avanza un veliero! Sul piú alto
pennone sventola un vessillo!
Ciurma, alle vele. Guarda i marinai!
Sono Arcangeli e Serafini! Adesso il Capitano vedrai,
guarda che magnifico Eroe del Paradiso eterno!
Avanti, miei prodi! Non perdete tempo! Correte al
governo!
Forza, Caino, sali in coperta! Il mio Velier audace fa
duemila leghe al secondo.
In meno di tre lune sarem in vista del Paradiso giocondo.
Vedrai quanta bellezza ha il Regno del Grande Salvatore!
Là vedrai un Sovrumano che di Satana è il trionfatore.

Adesso ti devi inginocchiare davanti a quell'unico Re.
Ed Ei ti dà il perdono e ti dice: «Vuoi stare con me?»
Asciuga il pianto, miser Caino, ti ha perdonato. Vicino
all'Iddio splende d'Israel la stella
Maria, nel suo lussuoso mantel, di tutte le donne
primarie la piú bella.

Giuditta non era abbastanza esercitata in letteratura per mettersi a sofisticare sulle licenze metriche e grammaticali di una composizione poetica. E la lettura di questi versi la commosse al punto che ruppe in lagrime. Era certa di aver veduto, ormai, le prove del genio e della straordinaria virtú di Andrea, e una tale constatazione le fece rimpiangere peggio di prima di non essere piú la prediletta del suo cuore. Ma d'altra parte, si sarebbe vergognata di disputare il figlio ai fortunati rivali, che erano, nientemeno, i Sovrani celesti! E in quei giorni, inoltre, un disastro sopravvenuto nella sua carriera le occupò tutti i sentimenti, non lasciandole il tempo né la voglia di pensare alle proprie delusioni materne. Durante tutti quegli anni, aveva sempre sperato di distinguersi finalmente fra le ballerine dell'Opera, e d'esser promossa almeno a ballerina solista, in attesa di diventare Prima Ballerina. Invece, d'improvviso, venne licenziata dall'Opera. Ella affermò che ciò si doveva a una congiura delle sue compagne invidiose; ma nella cerchia del teatro dicevano che la colpa era del suo scarso talento, il quale andava scemando invece di migliorare. Anche la sua persona s'era sciupata, le sue gambe s'erano troppo smagrite, i suoi fianchi ingrossati, era goffa e faceva sfigurare il Corpo di Ballo.

L'estate era finita, si riaprivano le scuole. E quando Andrea annunciò a sua madre la propria intenzione di rinchiudersi in un Istituto religioso, che accoglieva i ragazzi destinati al sacerdozio, e dove i Padri suoi protettori potevano ottenergli un posto quasi gratuito, Giuditta trovò che questa era una risorsa provvidenziale. Infatti ella si accingeva a chiuder casa. Incominciava l'epoca dei suoi pellegrinaggi da una città all'altra, dietro i miraggi di una scrittura, o al seguito di compagnie vaganti. Laura fu messa a pensione presso una vecchia maestra di scuola, che s'incaricò di aiutarla nei suoi studi; e Andrea entrò, quale piccolo aspirante prete, nell'Istituto di O., cittadina di provincia dell'Italia centrale, non lontana dai confini col Mezzogiorno.

Quando la sua vita instabile glielo permetteva, Giuditta andava a fargli visita. Sempre vestita con molto decoro e quasi con austerità (com'era stata in ogni tempo sua abitudine fuori del teatro) ella aveva proprio l'aspetto d'una vera signora. La sua persona, come avviene spesso alle donne di sangue siciliano, declinava rapidamente verso una maturità precoce; ma i suoi propri occhi, e gli occhi dei suoi figli, rimanevano ciechi a simile decadenza.

Il suo pretino le si faceva incontro in parlatorio, nella tonaca di saia nera dentro la quale egli aveva preso a crescere troppo in fretta, cosí che le maniche non arrivavano piú a coprirgli i polsi delicati. Ogni volta Giuditta lo ritrovava piú alto e piú magro. Il suo viso, già tondo, s'era assottigliato, in modo che gli occhi grandi parevano divorarlo; e sulla ruga della meditazione, che gli scavava la fronte fra i sopraccigli, era apparsa una nuova ruga trasversale, quella della severità. Aveva sempre, negli incontri con sua madre, un'aria di severo distacco, e s'ella, cedendo alla propria debolezza di donna, sollecitava da lui qualche segno dell'affetto antico, egli la guardava duramente, aggrottando i sopraccigli, oppure girava il viso da un altro lato, con una espressione beffarda. Non s'interessava piú assolutamente alla vita di lei. Una volta ch'ella accennò a una propria nuova speranza (che poi si rivelò illusoria) di entrare nel Corpo di Ballo della Scala di Milano, egli inarcò i sopraccigli con aria impertinente, piegando i labbri a una smorfia di noncuranza e di sprezzo. Alle mille domande di Giuditta, rispondeva con un riserbo infastidito; e i loro discorsi per solito finivano qui, poiché, da parte sua, lui non le faceva mai domande, se non in qualche rara occasione, per aver notizie della sua gemella Laura. Insomma, Andrea trattava sua madre come il simulacro di un oggetto ripudiato, che fu vivo nel nostro cuore in tempi ingenui, e di cui non c'importa piú nulla.

Giuditta, però, aveva conosciuto troppo bene, in passato, suo figlio Andrea, per mancar di ottenere ancora, durante le loro conversazioni, qualche successo diplomatico. L'istinto e la furbizia le suggerivano, talvolta, un argomento opportuno, una frase felice, grazie ai quali sul viso di Andrea rispuntava il suo sorriso incantato e disarmato, infantile. In quei rari momenti, le si slargava il cuore per l'allegrezza.

Una volta, ella si presentò al Collegio tutta lieta, e annunciò ad Andrea che s'era concesso un giorno intero di vacanza, per trascorrerlo insieme a lui. Aveva già ottenuto dal Padre Prefetto il permesso di andare a spasso col figlio per la città, e disponevano d'un pomeriggio intero per goderselo insieme: giacché, aveva detto il Prefetto, bastava ch'ella riconducesse Andrea in collegio prima del tramonto. A simile invito Andrea si rabbuiò in faccia, e rifiutò.

– Come! rifiuti di venire a spasso con me!

– Sí, non voglio uscire con te!

– Avanti, su! Oh, figlietto mio santo! Tu mi rispondi cosí apposta per farmi dispetto. Ho fatto questo viaggio, per aver l'onore di andare a passeggio col mio bel Reverendo. E lui vorrebbe dirmi di no? Su, mio bel cavaliere, non far sospirare tua madre. Forse trovi che son diventata brutta, non son piú degna delle tue bellezze? Presto, Andreuccio mio, non perdiamo tempo. Andremo insieme al passeggio sulle mura, guarderemo il panorama dai Bastioni, e ci siederemo al Caffè a prendere il gelato. Poi ci divertiremo a guardare i cartelli esposti al Cinematografo, dove stasera daranno un film... come s'intitola, aspetta? si tratta di qualcosa *su un bastimento*, *e su un Corsaro*...

Andrea inghiottí due o tre volte, e proferí un *no* rabbioso, insultante e definitivo.

– No? davvero, m'hai risposto di no!

– Non voglio uscire con te, basta! – esclamò Andrea, con violenza esasperata.

– Ah, dunque ho udito bene! rifiuti di uscire con me! e che cosa credi, d'esser piú santo, con questo? Questa non è santità, ma ingratitudine e cattiveria! Te ne pentirai, Dio ti punirà d'esser tanto maligno!

Andrea alzò una spalla, e guardò non verso sua madre, ma da un'altra parte, con una espressione di cupa canzonatura, come a dire che, sul soggetto di Dio, la signora Campese farebbe meglio a star zitta.

– Sí, Dio ti punirà, sarai punito, sarai punito! E perché non vuoi uscire con me? Esci con questi sottanoni del collegio (belle passeggiate, tutti in fila come pecore mangiacicoria), e, con me, no! Ah, vuoi sapere la verità, qual è? te la dico io, non te l'ho mai detta, ma adesso te la dico. T'hanno montato contro di me, questi collitorti, ecco la verità vera. T'hanno detto che tua madre è una donnaccia, e che se ci vai insieme finirai all'Inferno! Allora, tu puoi dire da parte mia ai tuoi Signori Maestri che la via del Paradiso la conosco meglio io di loro! E che il giorno che ritroverò il tuo povero padre, potrò abbracciarlo a fronte alta e dirgli: *Ecco la moglie tua. Come l'hai lasciata, cosí la ritrovi.* Si può lavorare sul Teatro, e rimanere una donna onesta, diglielo ai tuoi Padri Reverendi! E il merito dell'onestà è ancora piú bello! Sappi che Giuditta Campese è una signora, fu, è stata, e sarà sempre signora! E fa l'artista perché le piace l'Arte, ma, sul punto dell'onestà, nemmeno Santa Elisabetta non fu piú onesta di lei!

Andrea era pallido, snervato; ma proclamò, con accento aggressivo:

– Qui, nessuno s'interessa mai a te! Io non ho parlato mai di te con nessuno!

– Allora sentiamo, perché rifiuti di uscire? che nuovo pensiero t'è venuto in mente? tu hai proprio il sangue fanatico dei tuoi nonni, di quelle teste dure siciliane! Ah, quando mi sei nato, e io ero cosí contenta d'avere avuto un figlio maschio, chi l'avrebbe detto che m'ero fabbricata col sangue mio il mio peggior nemico! Dillo dunque, io ti faccio vergogna? è questo il motivo? ti vergogni d'uscire con me!

Giuditta lagrimava amaramente. Andrea tremava da capo a piedi, le sue labbra sbiancate palpitavano: ma piuttosto di collera, parve, che di compassione. Strinse i pugni, e proruppe, con voce rotta:

– Ah, perché vieni qui da me! Perché non la smetti di venire qui!

E correndo a precipizio fuggí dal parlatorio.

Interdetta, con gli occhi lagrimosi ingranditi dallo sgomento, Giuditta mosse le labbra per chiamarlo; ma Andrea era già sparito. In quel momento, un sacerdote attraversava il corridoio, e allora Giuditta chinò lo sguardo per celare le lagrime, e compose il volto a un'espressione dignitosa. Si riabbassò la veletta, s'infilò i guanti, e con passo tranquillo, come una signora che ha preso commiato dopo una visita regolare e soddisfacente, si avviò sola all'uscita. Un pacchetto di decalcomanie, che durante quel burrascoso colloquio ella aveva dimenticato di dare a suo figlio, le pendeva ancora dal polso.

Allorché, di là a qualche mese, tornò a visitare Andrea, come pure nelle altre sue visite successive, ella non fece mai parola su quanto era accaduto fra loro due quel giorno. Mai piú osò chiedergli d'uscire insieme; aveva con lui maniere umili, trepidanti, ed evitava ogni discorso che potesse farlo adombrare. Da parte sua, Andrea manteneva il solito riserbo, che adesso, però, si mescolava d'una infantile timidezza. Spesso arrossiva, o si torceva senza ragione le sue sottili manine bianche, e ogni momento, per darsi un contegno, si lisciava i capelli con le dita. Se gli avveniva di sorridere o di ridere, abbassava gli occhi, e voltava la faccia, con una espressione incerta, fra la selvatichería e la confidenza.

I loro incontri eran diventati assai brevi. Certe volte, venendo meno ogni argomento o pretesto di conversazione, quelle visite, per cui Giuditta aveva fatto un lungo viaggio in treno, duravano appena pochi minuti. Pareva proprio che Giuditta e Andrea non avessero piú nulla da dirsi; accadeva che rimanessero entrambi in silenzio, durante alcuni minuti, seduti uno di faccia all'altra, sulle alte sedie nere del parlatorio. Cercando invano, nella sua mente, qualche invenzione che potesse interessare o divertire Andrea, la visitatrice se lo guardava e riguardava. Guardava quelle guance, che di fronte apparivano smagrite, ma di profilo mostravano ancora la rotondità dell'infanzia; e quella fronte (con le rughe della meditazione e della severità), mezzo nascosta da un ciuffetto che l'irrequieta mano di lui non lasciava mai in pace; e quegli occhi belli che rifuggivano dai suoi. La prendeva uno struggimento accorato d'abbracciare il pretino; ma non osava neppure d'accennare un tal gesto, tanto egli le incuteva soggezione. Finché, mortificata, confusa, come chi s'annoia o, al contrario, teme di riuscire importuno, s'accomiatava in fretta.

Queste visite di Giuditta ad Andrea si ripetevano per solito tre o quattro volte l'anno. Durante gli intervalli, Andrea riceveva da sua madre delle cartoline illustrate, e (piuttosto di rado) qualche lettera, da città sempre diverse, da lui mai vedute e talvolta non conosciute nemmeno di nome. Le lettere di Giuditta non recavano mai nessuna notizia precisa né della sua presente esistenza, né dei suoi progetti futuri. S'aggiunga poi che, fin da quando frequentava le elementari, Giuditta non aveva mai brillato nel tema scritto. Il suo stile era involuto e affrettato nel tempo stesso; e inoltre cosí spropositato che l'ultimo della classe, nella scuola di Andrea, meritava d'esser trattato da professore di belle lettere in confronto a lei. Ma la sua calligrafia era maestosa: grande, angolosa e tuttavia ricca di svolazzi, con delle maiuscole addirittura smisurate.

Andrea le rispondeva indirizzando sempre, secondo i loro accordi, Fermo in Posta, a Roma: risposte vuote d'ogni effusione, ma puntuali e diligenti.

Verso il quarto anno della loro separazione, avvenne che passarono piú d'otto mesi senza che Giuditta si facesse vedere. Da lei non vennero altri segni di vita che i soliti vaglia postali d'ogni trimestre, inviati all'Amministrazione del Collegio, e qualche cartolina per il figlio, fra le quali un paio dall'Austria, e una dall'Africa francese. Esse recavano appena poche righe di saluto, da cui però Andrea credette di capire che l'artista errabonda non aveva piú ritirato la corrispondenza Fermo in Posta. Poi, negli ultimi due mesi, non giunsero piú nemmeno le cartoline.

Un giorno Andrea, dopo una passeggiata, attraversava in fila con i suoi compagni una via della piccola città, quando, su un manifesto teatrale incollato al muro, vide l'effigie di sua madre. L'emozione fu cosí forte che il sangue gli montò al viso. Nessun altro, naturalmente, né il Padre accompagnatore né i compagni, aveva riconosciuto quella persona, né aveva mostrato interesse al manifesto: non è lecito, infatti, ad occhi consacrati a Dio, d'attardarsi su immagini di tal genere. Andrea si fermò, fingendo di allacciarsi una scarpa, e, senza parere, girando gli occhi di sotto in su verso il manifesto vi lesse:

SALA TEATRO GLORIA
Stasera, alle ore 21,30
FEBEA
la grande Vedetta internazionale
reduce dai trionfi viennesi
presenta le sue danze classiche
Arabe, Persiane e Spagnole

Sotto queste parole, era ritratto nel centro, fra altre figure, il volto di Giuditta, incoronato da una specie di stella dai raggi serpeggianti, gli occhi cinti d'un grande alone nero, e sulla fronte un sigillo gemmato. Poi si leggeva ancora:

Precederà il solito programma di grandi attrazioni
Pierrot Premier, il Principe delle boîtes di Parigi
Joe Rumba, con le sue 15 girls 15
ecc. ecc.

In preda a un tremendo batticuore, Andrea raggiunse di corsa la fila dei suoi compagni, FEBEA! Non c'era dubbio che sotto questo nome si nascondeva la danzatrice Giuditta Campese.

Alle otto di sera, i collegiali si ritiravano nelle camerate, e, alle nove, tutto il collegio dormiva. Alle dieci e mezza, nella piccola città di provincia regnava il deserto e il silenzio della piú profonda notte.

Il lungo e stretto dormitorio era rischiarato a mala pena dal barlume azzurrastro della lampadina notturna, accesa al di sopra dell'uscio, presso la tenda del padre sorvegliante. Si distinguevano le forme bianche dei lettini, e, sulle pareti a calce, i neri Crocifissi, e il ritratto, incorniciato d'ebano, del Santo fondatore dell'Ordine. Andrea rimase per due ore quieto, a finger di dormire, mentre era, piú che sveglio, sul punto di diventare quasi matto per l'impazienza. Come udí scoccare le dieci, sgusciò dal letto, e, senza far piú rumore di una zanzara, si rivestí (fuori delle scarpe, che si legò al polso per le stringhe), e uscí dal dormitorio.

Sarebbe stato inutile tentare il portone principale, o il portoncino di servizio: ch'erano sbarrati e inchiavardati come gli ingressi dei manieri, e, per di piú, sotto la tutela del portinaio; ma Andrea conosceva, dal lato del refettorio, una finestruola chiusa da un solo sportello di legno e che, da un'altezza non superiore ai tre metri, s'affacciava su un terrapieno. Avanzando a tentoni lungo i corridoi, e giú, per la buia rampa della scala di pietra, egli ritrovò senza incidenti quella finestra; donde non gli fu difficile calarsi fuori. Giunto a terra, si rialzò la tonaca fino ai ginocchi, e, senza perder tempo a infilarsi le scarpe, coi piedi coperti solo dalle corte calze di cotone, prese a correre verso i recinti.

L'antico fabbricato del collegio sorgeva appena fuori delle mura cittadine, là dove il cessare dell'illuminazione stradale segnava il limite con la campagna. La luna era tramontata già da due ore; ma il firmamento estivo (s'era ai primi di giugno) spargeva un chiarore quasi lunare nella notte bellissima. Andrea si rivolse un momento a guardare la facciata del collegio; solo qualche rara finestruola era accesa: quelle dei Padri che, a turno, ogni notte, vegliavano in preghiera nelle loro celle. Lungo l'ala del palazzo, dov'era la chiesa, i colori delle vetrate erano illuminati debolmente dalle lucerne ad olio, che ardevano nell'interno delle cappelle giorno e notte. E dalla parte delle mura, sull'arco della cancellata, si vedeva biancheggiare contro il sereno lo stemma marmoreo dell'Ordine.

Andrea girò verso l'orlo della collina, dove un tratto del muro di cinta secentesco, crollato per una frana, era sostituito da una semplice rete di filo di ferro. E dopo avere scavalcato il recinto con agilità, malgrado l'impaccio della tonaca, si gettò di corsa giú per i campi.

A meno d'un chilometro di là, in una casa di contadini fittavoli, abitava un suo amico, d'un paio d'anni piú anziano di lui. Di nome si chiamava Anacleto, era il figlio maggiore del fittavolo, e Andrea aveva fatto la sua conoscenza durante una passeggiata campestre della sua classe. Andrea sapeva che, da qualche tempo, Anacleto dormiva nella stalla, su uno strato di foglie di granoturco, perché s'era affezionato a un puledro, nato, due mesi prima, dalla giumenta di suo padre. La stalla aveva una finestra bassa, provvista solo d'una inferriata, donde Andrea avrebbe potuto ridestare l'amico senza che nessun altro udisse.

Fu, però, una spiacevole sorpresa, per l'evaso dal collegio, trovare che la finestra della stalla, contro ogni sua previsione, era illuminata, e ne uscivano due voci che cantavano insieme, accompagnandosi a un suono di chitarra. L'una voce, piú virile, tenuta in sordina, gli era sconosciuta; nell'altra, ancora acerba, che cantava piú spiegato, riconobbe la voce del suo amico. Dunque, Anacleto non era solo; e ciò rendeva l'impresa assai piú rischiosa e dubbia. Andrea, incerto sul partito da prendere, rimase alcuni minuti nascosto dietro il muro della casa. A dispetto delle circostanze drammatiche, il suo orecchio ascoltava con piacere la canzone d'amore cantata dalle due voci e le note della chitarra. Infine, deciso ad affrontare ogni possibile conseguenza del proprio ardimento, egli si accostò alla finestra illuminata.

Una lampada a petrolio, appesa a un trave della mangiatoia, spargeva nell'interno una luce bella e chiara. La giumenta, con la testa piegata sulla mangiatoia, masticava la sua biada, e al suo fianco il puledrino scherzava infantilmente: questa scena di felicità domestica morse d'invidia il cuore di Andrea. A un passo dai due cavalli, sopra una coperta rossiccia stesa sul suolo battuto, sedeva Anacleto, in compagnia di un giovane militare dalla testa tonda e rapata, che suonava la chitarra. Oltre a costoro, nella stalla non c'era nessun altro, e ciò fu di sollievo ad Andrea: – Anacleto! – egli chiamò a voce bassa e infervorata, – esci un momento, devo parlarti!

Sorpreso da quell'apparizione come da un fantasma, Anacleto prontamente balzò su, e corse fuori; mentre che il militare, per nulla incuriosito, rimaneva seduto a ricercare un motivo sul suo strumento, come se, presentemente, questo fosse il suo massimo interesse sulla terra.

Traendo l'amico al riparo dietro il muro della casa, Andrea gli spiegò d'essere uscito dal Collegio di nascosto perché doveva, con la massima urgenza, recarsi in città per incontrare una persona. Questo incontro gli importava piú della vita, ma non poteva mostrarsi in città vestito da pretino. Voleva, Anacleto, prestargli i suoi vestiti? Non oltre la mezzanotte, rientrando in collegio, Andrea glieli avrebbe riportati, e ripreso la propria tonaca. – E se i padri nel frattempo si accorgono della tua sparizione? – Allora lascerò il Collegio per sempre. Ma sta' sicuro, nulla potrà far uscire il tuo nome dalle mie labbra, nemmeno una tortura medievale!

Immaginando un romanzo d'amore, Anacleto si dispose a favorire l'amico. Però, egli non aveva addosso che i pantaloni, dalla cintola in su era nudo. Gli altri suoi panni, li aveva in camera, ma non sarebbe prudente andare a prenderli, col pericolo di svegliare la famiglia, soprattutto la sorella (che era una curiosa). Fu deciso di consultare il militare chitarrista, il quale era un fidato amico di Anacleto, venuto a trascorrere con lui le ultime ore della sua licenza, che scadeva all'alba. Questo giovanotto, di cui la cortesia fu pari alla discrezione, si chiamava Arcangelo Giovina, ma veniva chiamato Gallo per i suoi riccioli rossi che gli facevano sul capo un ciuffo spavaldo, come una cresta. Però, come s'è detto, presentemente egli s'era fatto radere le chiome, affinché gli rinascessero piú belle col favore dell'estate.

Da vicino, alla luce della lampada a petrolio, la sua testa rotonda, dai tratti infantili, appariva già ricoperta d'una leggera lanugine rossa. Questo particolare, chissà perché, riempí il cuore d'Andrea di fiducia e di confidenza. Udite le sue difficoltà, spontaneamente Gallo gli offerse in prestito la propria camicia militare, ch'era di quelle camicie di tipo americano, di tessuto coloniale, allora in uso nel nostro esercito. Sebbene Andrea, in quegli ultimi tempi, fosse assai cresciuto di statura, e né Gallo né Anacleto, da parte loro, non fossero certo due giganti, tuttavia i pantaloni di Anacleto, e soprattutto la camicia coloniale erano di una misura un poco eccessiva per Andrea. I pantaloni, poi, erano di una tela campagnola cosí dura che potevano, come si dice, tenersi in piedi da soli. Ma nelle presenti circostanze sarebbe stato ingratitudine, da parte di Andrea, preoccuparsi di simili fatuità.

Fu stabilito che Andrea lascerebbe la propria tonaca in un certo capanno di paglia a duecento metri circa dalla casa, dove, al ritorno, potrebbe nuovamente indossarla, al posto degli abiti imprestati. Questi, poi, ripassando davanti alla stalla, li lascerebbe cadere per la inferriata nell'interno, senza disturbare il sonno di Gallo e di Anacleto, che dovevano alzarsi alle quattro.

Non eran forse passati neppure tre quarti d'ora dalla sua fuga, allorché Andrea, nel suo travestimento, s'inoltrò per le viuzze poco illuminate della città. S'incontrava solo qualche raro passante, e, fra costoro, Andrea sceglieva quelli d'aspetto piú benigno per farsi indicare la strada. Suonavano le undici quando si trovò dinanzi all'ingresso del Teatro.

Ecco, dunque, le fatali porte che il suo proprio decreto gli aveva reso inaccessibili durante tutta la sua vita, fino ad oggi! A dispetto del suo odio, e della sua negazione, i loro misteri avevano dominato la sua infanzia. La sua fantasia disubbidiente gli aveva fatto intravvedere, al di là, dei miraggi straordinari; i quali, sebbene ricacciati mille volte con disdegno, si riaccendevano sempre alla parola *teatro*. Istoriato e sfavillante come un duomo orientale; popoloso come una piazza nella festa dell'Epifania; signorile come un feudo; e di nessuno dimora, mai, come l'Oceano! Ah, povero Andrea Campese! Cosí armato, invincibile ti appariva il teatro, che, davanti a un simile rivale, il cuore, provocato al grande combattimento, ricorse alla fortezza suprema del Paradiso!

Sulla porta, un'insegna luminosa, un poco guasta, diceva TATR GLORIA. Ai due lati dell'ingresso, erano in mostra le fotografie degli artisti; fra i quali il collegiale fuggitivo, con un ritorno del solito batticuore, nuovamente riconobbe Febea. La si vedeva in duplice aspetto: una fotografia ritraeva la sua figura intera, con una gamba scoperta fino all'anca, e la caviglia ingioiellata; e un'altra solo la testa, sorridente, con un fiore all'orecchio e sui capelli un merletto nero.

Il vestibolo del teatro, illuminato da un polveroso globo elettrico, e senz'altro ornamento che un paio di chiassosi manifesti alle pareti, era interrotto, verso il fondo, da una ringhiera di legno. Al di là di questa, presso una minuscola porta a due battenti, stava dritta una graziosa ragazza sui diciott'anni, recante in testa una specie di berrettino militare, sul quale era scritto, a lettere d'oro: *Teatro Gloria*. Di sotto il berrettino, le scendevano fin quasi alle spalle dei bei capelli bruni, tutti a onde e ricci naturali, e le sue gambe nude, benché sviluppate e robuste, erano di un colore fresco e rosa, come le gambe dei bambini. Stretta nel suo vestito di raso artificiale color ciliegia, dentro il quale pareva esser troppo cresciuta, ella aveva un atteggiamento marziale e disdegnoso, come i guardaportone dei Palazzi Reali. Di tanto in tanto, spiava curiosa fra i battenti della porticina (donde si facevano udire fin nella strada canzoni, batter di tacchi, e suoni di vari strumenti). Oppure si dava a passeggiare su e giú dietro la ringhiera di legno, e sbadigliava senza discrezione, come fanno le gatte.

Non c'era nessun altro che lei, nel vestibolo del teatro. Lo sportello del botteghino era chiuso, e il botteghino deserto. Sul vetro dello sportello era incollato il cartello dei prezzi, e solo in tale istante, vedendo quel cartello, Andrea si ricordò che per entrare nei teatri bisogna comperare il biglietto, e che lui non aveva addosso nemmeno una lira.

Egli avanzò con passo risoluto verso la ragazza, ma, nonostante la sua volontà di dominarsi, tremava come fosse al cospetto del Papa.

– Si entra di qui nel teatro? – domandò, con una alterigia tale, che lo si poteva credere il padrone del teatro stesso, e dei maggiori teatri del Continente.

– Per entrare, ci vuole il biglietto, – rispose la ragazza, di là dalla ringhiera, – ce l'hai, il biglietto?

Andrea si fece rosso come il fuoco, e aggrottò la fronte.

– No? Allora non c'è niente da fare. La vendita è chiusa! – dichiarò la ragazza. Poi, vedendo l'espressione turbata, ma ostinata, di Andrea, soggiunse, in tono di degnazione protettiva: – E a quest'ora, poi, nemmeno ti converrebbe la spesa. Fra quaranta minuti finisce lo spettacolo!

Quel tono offese Andrea: – Non me ne curo, io, se finisce fra quaranta minuti, – rispose aggressivamente. – Io non sono mica uno del pubblico, se volevo, io, potevo entrare senza biglietto, fin dall'inizio della rappresentazione!

– E chi sei, tu, la Pattuglia, per entrare senza biglietto? Chi sei? L'Ispettore Capo?

– Di che si impiccia, Lei?

– Io! Ma senti che commedia! Di che m'impiccio io! Mi impiccio di farvi sapere che per passare di qui ci vuole il biglietto. Voi, se non avete il biglietto, favoritemi il prezzo, lire centocinquanta. Stiamo a vedere, adesso. Eh, il Signore deve aver dimenticato a casa il portafogli, e anche il libretto degli *scek*.

– Io conosco un'artista del teatro, la signora Febea!

– *Voi* la conoscete! E l'artista *vi* conosce, *vi* conosce, a *voi*?

Mi conosce a memoria, da un secolo! Provi a dirle che sono qua io, e vedrà se non dice di farmi entrare subito, ai primi posti!

– Oh, vi credo senz'altro! Si capisce al primo sguardo che siete un *viverre*. Magari a quest'ora pensa proprio a voi, la vostra cantante! Vi do un consiglio. Perché non vi presentate su, ai camerini delle artiste? Se poi la vostra signora vi rimandasse indietro, tornate a consolarvi qui da me, che vi porto a vedere *Le avventure di Topolino*.

– Essa mi ha dato appuntamento!

– Ah! In questo caso non fatela sospirare tanto. Guardate, non è di qui che dovete passare, ma dall'ingresso degli artisti, il primo portone a sinistra, sul vicolo. C'è il portinaio che prima faceva il guardiano dei carcerati. Lui li capisce subito, i tipi di signori che hanno fortuna con le artiste. Vi farà salire senza nemmeno chiedere informazioni!

– Io ho appuntamento! – mentí ancora, in tono di altera protesta, Andrea, il nemico della menzogna.

– E di nuovo insiste! *Lui* ha appuntamento! Con la *Signora Febea*! Per questo vi siete vestito cosí elegante, stasera? Voi spopolerete il teatro! che per venire all'appuntamento, avete rubato i pantaloni a vostro padre, e la camicia a un Americano!

Costei, maligna com'era, forse aveva già capito ch'egli era un evaso, e magari si preparava a denunciarlo. Non rimaneva che allontanarsi, allontanarsi subito!

Gli occhi di Andrea lanciarono sulla ragazza un ultimo sguardo sprezzante e impavido, ma lei s'avvide che, nel tempo stesso, il mento gli tremava. Allora, fu presa quasi da rimorso, ma era troppo tardi per rimediare, ormai. Quel nottambulo spaccone le aveva voltato le spalle senza piú risponderle, e in un attimo era sparito.

Deciso, nonostante tutto, a trovare Febea, come uscí dall'ingresso principale del teatro Andrea volse a sinistra, in un vicolo mal pavimentato e senza fanali: dove subito gli apparve il portoncino indicato dalla ragazza. Era il solo aperto, in quell'ora della notte, e lasciava intravvedere, in fondo a un androne, una vecchia scala semibuia; sulla destra dell'androne, dietro una porticina dai vetri rotti e rappezzati con carta di giornale, si scorgeva un portinaio-ciabattino, intento a ribatter suole in uno stambugio, alla luce di una lampada che dal soffitto scendeva quasi sul suo deschetto. La fisionomia di quest'uomo parve, ad Andrea, spaventosa.

Egli si appiattí contro il muro del palazzo, a lato del portoncino, cosí da rimaner nascosto alla vista di colui. Non aveva animo di presentarsi a quell'antico aguzzino delle galere; e che fare, allora? Aspettare, nascosto là nel vicolo, l'uscita degli artisti? Ma Andrea diffidava della ragazza dal berrettino: non era forse possibile che colei gli avesse mentito? che lo avesse indirizzato a questo portoncino per beffarlo, e per liberarsi di lui, o magari per farlo cadere in una trappola?

Dal vicolo, si vedeva il selciato della piazzetta adiacente, sul quale la scritta luminosa del teatro gettava un chiarore azzurrognolo. Dall'interno del teatro giungeva un'eco affiochita di suoni e di canti e Andrea, col cuore stretto dalla gelosia, paragonava la festa che ferveva dietro quelle mura alla tenebra minacciosa del vicolo. Nessuno passò di là: eccetto una grossa cagna pastora, sviatasi forse dal suo gregge che migrava fuori dalla città, nella notte. La cagna intese subito, senza farselo dire, che Andrea voleva tenersi nascosto. Guardandosi dall'abbaiare e dal far chiasso, girò intorno a lui piena di sollecitudine, quasi ad offrirgli protezione. E poi si sedette sulle proprie zampe posteriori, di fronte a lui, e rimase a contemplarlo in silenzio, con aria complice, agitando gaiamente la coda. Andrea pensò: «Questo cane, magari, sarebbe contento di avermi per padrone, com'io sarei contento di averlo. Potremmo essere felici insieme! e invece, è impossibile. Non sappiamo niente uno dell'altro, e fra poco saremo di nuovo divisi, e non ci incontreremo mai piú!» Egli schioccò, senza rumore, le dita, e la cagna, comprendendo la sua intenzione, subito gli si accostò, e curvò la sua testona bianca per farsela accarezzare. Poi leccò in fretta, amorosamente, la mano di Andrea, e questo parve il suo saluto: infatti, subito dopo, chiamata dai suoi sconosciuti doveri, dileguò nella notte.

La sua partenza lasciò Andrea nella nostalgia piú tormentosa. Egli pensava ai padri, che, lassú in collegio, vegliavano in preghiera nelle loro celle; pensava ai compagni, fra i quali due o tre in particolare gli eran cari piú di tutti gli altri (anche a costoro, tuttavia, egli aveva tenuto nascosto il proprio disegno di fuga); e paragonò questi facili affetti a quell'eterna, impossibile amarezza che oggi gli si nascondeva sotto il finto nome di: Febea! Un selvaggio sentimento di condanna, come ad un bandito senza promessa di riscatto, gli oscurò la mente. In quel punto, si udí dal campanile un unico tocco: mancavano cinque minuti alle undici e mezza! Fra un quarto d'ora lo spettacolo era finito, e Andrea fu preso dal timore che le artiste potessero uscire da un'altra parte del teatro senza ch'egli le vedesse. Gettò un'occhiata, di sbieco, verso la guardiòla illuminata: il portinaio-ciabattino stava curvo sul deschetto, un paio di bullette fra le labbra serrate, tutto intento a battere una suola. Senza piú esitare Andrea s'infilò rapidamente nell'androne, raggiunse la scala, e là rimase fermo un istante, col fiato sospeso. Nessun segno di vita dalla guardiòla: il portinaio non l'aveva visto!

Confidando di scoprire una qualche via per i camerini degli artisti, Andrea corse su per la scala. Appena sul primo pianerottolo, vide la luce filtrare attraverso un uscio socchiuso. Spinse il battente, e si trovò in un altissimo stanzone male illuminato, col pavimento di assi. V'erano là: una motocicletta appoggiata alla parete; un mucchio di tavole su cui giaceva rovesciato un riflettore spento; una specie di enorme paravento di cartone, con su dipinta una coppia di draghi; e una torretta quadrata di legno, alta forse tre metri, e priva di un lato: la quale issava in cima un piccolo stendardo rosso, inscritto a caratteri orientali.

Lo stanzone appariva deserto; ma s'udiva di dietro un tramezzo un operaio invisibile picchiare con un martello. Queste martellate provvidenziali coprirono il rumore dei passi di Andrea; il quale poté giungere inavvertito in fondo allo stanzone. Qui, si trovò di fronte una gran porta, con la serranda abbassata, oltre la quale si udivano delle voci. Mentre che, sul lato sinistro, gli si offerse un ponticello di tavole inclinate, che saliva fino a un soppalco. Evitando la grande porta, Andrea si spinse in fretta sul soppalco; dove, attraverso un usciolo foderato di sughero, che s'aprí senza rumore, si ritrovò sospeso in uno stretto pianerottolo, fra due scalette di legno: la prima in salita, e la seconda in discesa. Affidandosi al caso, egli prese la seconda, e a questo punto incominciò a udire distintamente un canto sincopato di donna, un suono di strumenti e un confuso brusio.

Fu preso, allora, da una commozione cosí straordinaria, che quasi lo abbandonavano le forze. Scendendo, incontrò due porte verniciate di verde. Una, che pareva chiusa dall'interno, non portava nessuna indicazione. L'altra, proprio in fondo alla scala, a due battenti accostati, recava un cartello stampato con la parola: *Silenzio.*

Egli si insinuò fra i due battenti; e là, sotto di lui, non piú divisa da lui che da pochi scalini felpati, vide aprirsi la sala stessa dello spettacolo!

Il suo primo istinto fu d'indietreggiare. Ma nessuno badava a lui. Rapido, ad occhi bassi, discese i gradini, e, trovata subito una sedia vuota sul margine della fila, vi si rannicchiò. Il suo vicino, un uomo robusto, in maniche di camicia, gli gettò appena un'occhiata indifferente.

L'aria, nella platea affollata, era afosa, densa di fumo di sigarette; e i lumi erano tutti spenti, ma il riquadro acceso della scena rischiarava col suo splendore tutta la sala, fino alle ultime file di sedie. Per piú d'un minuto, Andrea non ardí levar gli occhi verso la scena. In quel punto luminoso, una donna alternava i moti d'una danza con delle battute di canto; e quella voce s'era fatta subito riconoscere da lui non agli accenti, che gli sfuggivano, ma per una specie di allarme che il cuore gli aveva dato al primo udirla. Era il sentimento duplice di una possibilità felice, e di una negazione crudele: troppo noto a lui fin dai suoi primi anni perché lui potesse sbagliarsi. Andrea si domandava confuso che cosa ciò potesse significare, giacché sua madre era una ballerina, non una cantante: non gli aveva mai fatto sapere che cantava in teatro!

Osò, finalmente, guardare dritto alla scena, e non ebbe piú dubbi. Ed ecco, sentí ritornare quella sua antica, orribile amarezza, che lui forse presumeva d'avere un poco domato! Sul palcoscenico, sola, c'era sua madre – Febea: mai prima altrettanto amata, e mai con tanta evidenza irraggiungibile, come adesso!

In un abito d'eleganza mai vista, quale non è dato d'indossare alle donne che s'incontrano su questa terra, neppure alle piú ricche, ma solo alle persone fantastiche delle pitture o delle poesie; seguita, in ogni suo moto, da grandi cerchi di luce che s'accendono per magnificare lei sola e fanno sfolgorare i suoi occhi incavati, che sembrano enormi! Essa è la gala suprema delle feste notturne, il suo nome misterioso è il vanto delle strade e delle piazze. Quale altro artista potrebbe reggere al suo confronto? Nessuno degli altri cantanti e ballerini, dei quali il teatro espone il ritratto, interessa Andreuccio. È molto s'egli ha degnato i loro ritratti di uno sguardo appena: coloro sono i poveri satelliti di Febea, l'effigie di Febea, come il sole, occupa il centro dei manifesti! È lei l'unica mira degli uomini e delle donne, i quali si accontentano di vederla dal basso, pur senza che lei li conosca e li saluti! E chi è fra tutti loro Andrea? un intruso, il quale potrebbe essere espulso dalla sala per non aver comperato il biglietto. Nessuno, certo, gli crederebbe (e lui sarebbe da tutti beffato, come, pocanzi, dalla ragazza del berrettino) se dicesse che, fino a pochi anni or sono, lui viveva sotto lo stesso tetto con Febea. Che, fino a pochi mesi or sono, veniva da lei visitato in collegio, e riceveva da lei cartoline e lettere! Un simile passato, a lui medesimo, sembra adesso leggendario. Quella meravigliosa artista (egli non ardisce piú di pensare ch'è sua madre), da mesi ormai l'ha dimenticato, non risponde piú alle sue lettere, e non l'ha neppur cercato arrivando qui, nella stessa città dove lui abita! Del resto, è mille volte meglio cosí, lui vuole che sia cosí. Lui stesso ha respinto questa donna, lui stesso ha rifiutato di uscire a passeggio con lei, perché voleva finirla, con una simile madre! Il suo nemico era proprio il troppo splendore di lei, che usciva dalla casa, e illuminava tutta la gente, mentre che lui lo avrebbe voluto per sé solo. Cosí, è finita. Andrea Campese è figlio di nessuno, è finita.

E come ha potuto, senza vergogna, mentire, dicendo alla ragazza del berrettino di avere appuntamento con Febea! Lui sapeva benissimo di mentire non solo nei riguardi del vero, ma anche nei riguardi del possibile! È chiaro come il giorno, ormai, che Febea (tanta è la sua noncuranza verso Andrea Campese), pur se pregata, avrebbe rifiutato di concedergli appuntamento; e adesso, se chiamata a testimoniare dalla ragazza del berrettino, sarebbe pronta a smentire i vanti di lui; e sarebbe fieramente annoiata di sapere che là, in teatro, c'è quell'indiscreto, quel pretino travestito; e se qualcuno le annunciasse, nel suo camerino: «C'è qui fuori un certo Andrea, venuto a trovarvi», lei direbbe: «Chi? Andrea? Mai conosciuto. Ditegli *che non ricevo*, e fate che se ne vada».

A questo punto delle sue considerazioni, Andrea decise risolutamente di lasciare in fretta il teatro, non appena calato il sipario, senza cercare di sua madre né farle sapere che era stato qui; e di riattraversare correndo, solo nella notte, le strade e le campagne fino al collegio. Se poi la sua fuga sarà stata scoperta e i padri in conseguenza decideranno la sua espulsione, egli se ne andrà in Sicilia, e si presenterà a un capo brigante, per far parte della sua banda.

Mi duole, ma proprio delle empietà di tale specie, né piú né meno, fu capace di pensare là, su quella sedia usurpata del Teatro Gloria, colui che aveva presunto, non molto tempo prima, d'essere sulla via della santità!

Le immaginazioni, impadronitesi della sua mente, presero una evidenza cosí crudele ch'egli cominciò a singhiozzare. Non ebbe neppur coscienza, i primi istanti, d'essersi abbandonato a una simile debolezza; e se ne rese conto d'un tratto, con sua grandissima vergogna. Quasi nel momento stesso, lo riscosse una risataccia insultante del suo vicino, ed egli si figurò, naturalmente, d'averla provocata lui, coi suoi singhiozzi disonoranti. Senonché, mille altre risatacce dello stesso tono risuonavano da ogni parte della sala. Possibile che il pubblico intero si fosse accorto del suo disonore? Nessuno, in verità, faceva attenzione ad Andrea Campese. Per la sala correva un brontolio crescente, dal fondo furono gridate delle frasi triviali e, ben presto, nel burrascoso rumoreggiare, la voce della cantante fu a mala pena udibile. Ella, tuttavia, seguitava a far finta di nulla, movendosi e cantando le sue battute secondo i ritmi dell'orchestrina, che seguitava a suonare. Andrea, da parte sua, tardava a capire che cosa avvenisse. Si udí un uomo gridare: – Basta! –, e un altro: – Basta! Va' a dormire! – Va' a vestirti! – Torna a casa, va' a lavarti la faccia! – Basta! Basta! – La vocina spaurita dell'artista non si udiva ormai piú sotto i fischi e i sibili; e soltanto adesso Andrea si rese conto che l'oggetto di quell'immane assalto era Febea! Egli balzò dalla sua sedia; e in quel momento stesso vide il pianista, giú nell'orchestrina, abbandonare le braccia lungo i fianchi, in atteggiamento rassegnato. A sua volta, il violinista, alzatosi, con gesto quasi rabbioso depose archetto e violino sulla sedia, mentre il suonatore di saxofono smetteva di soffiare e rimaneva là sospeso sul suo strumento, con una espressione interrogativa. Solo il suonatore di batteria seguitò ancora, per qualche istante, a battere il piatto e a premere sul pedale del tamburo, come estasiato nel suo proprio fracasso.

Febea rimase per qualche istante, ammutolita e immobile, nel mezzo della scena: poi d'un tratto voltò le spalle, e scomparve rapida dietro le quinte. Immediatamente, il telone si richiuse e le luci si riaccesero nella sala, mentre il pubblico in coro levava una esclamazione di sollievo ostentato, piú offensiva di tutti gli insulti precedenti. Scuro in volto, tremante di sdegno, Andrea stringeva i pugni, nella volontà confusa di affrontare qualcuno del pubblico, e di ammazzarlo! Ma si trovò stretto e sospinto dalla folla che ingombrava i passaggi verso le uscite.

Con ira violenta, si difese da quella calca; finché rimase isolato, fra gli ultimi, nella platea mezzo vuota. Sotto il soffitto basso della sala, la luce delle lampade elettriche metteva in mostra la brutta vernice delle pareti, che fingeva un marmo giallastro; il pavimento di legno opaco, polveroso, sparso di mozziconi di sigarette e di cartacce; e l'orchestra deserta, con le sedie sparse in disordine intorno al pianoforte chiuso e alla batteria.

A lato dell'orchestra, una scaletta di legno conduceva sul palcoscenico. Andrea si precipitò su per quella scaletta, scostò il telone e attraversò la scena. Due inservienti, che smontavano le quinte, gli gridarono: – Ehi, tu, chi cerchi? – Egli alzò le spalle, e correndo andò a urtare contro un gruppo di ragazze vestite da marinaio, che posavano per una fotografia, nella luce accecante di un riflettore. – Ehi, che fretta! guarda dove cammini! – protestarono le ragazze, e il fotografo esclamò, irritato, ch'egli aveva guastato la fotografia, e gli lanciò dietro degli insulti. Finalmente, correndo a caso attraverso un disordine di casse vuote, cumuli di tavole e fondali di legno, egli si ritrovò su quel medesimo stretto pianerottolo donde era disceso nel teatro. Una ragazza con un grande cappello nero e le gambe nude scendeva la scala. – Per piacere, – egli domandò, – la signora Campese? – Chi? – La signora... Febea? – Ah, la Febea! Va' su per questa scala, è in camerino.

In cima alla scala, nel corridoio su cui davano i camerini, s'era raccolto un gruppetto di persone, che Andrea vide confusamente, troppo turbato per osservarle, o per ascoltare i loro discorsi. Gli giunsero però all'orecchio alcune frasi le quali, come succede, dovevano ritornare alla sua mente, e spiegargli il loro significato, soltanto qualche giorno piú tardi.

– Piange. – Eh, sí, dispiace, però si dovrebbe conoscere! Non ha trovato nessuno che glielo dica? non si guarda allo specchio? Con quei fianchi sformati, che pare una vaccona, e quelle due gambine scheletrite, si presenta in maglia di seta aderente, per la *danza classica*, come fosse la Tumanova! Non ha orecchio, ha una voce che raschia, come una cicala, e pretende di cantare! – *Reduce dai trionfi viennesi!* Eh, a quanto pare se ne devono intendere molto, i viennesi! – Poveretta, vuol fare la libellula, con quel peso, e a quell'età! – Quanti anni avrà? – Ne dice trentasette... – Sarebbe piú adatta forse per qualche *sketch*, qualche parte comica...

Andrea apostrofò bruscamente uno di coloro: – Per piacere, la signora Febea? – Gli fu indicato un piccolo uscio illuminato in fondo al corridoio; avvicinandosi, Andrea udí venire dall'interno un suono di singhiozzi. Una piccola folla di donne ingombrava quel vano angusto, ed egli si fece largo fra di loro a spinte, come fosse in una piazza un giorno di rivoluzione.

Circondata da molte donne (quali artiste, e quali inservienti); in mezzo a una quantità di stracci, seduta ad una misera specchiera piena di disordine e di sporcizia, sua madre (per solito cosí dignitosa!), singhiozzava senza pudore, con una passione frenetica, proprio al modo delle popolane della bassa Italia. Nel tempo stesso, si strappava i pettini vistosi dai capelli, e i gioielli di dosso, ripetendo: – Basta, basta, è finita.

– Mamma! – gridò Andrea.

Di sotto i capelli spettinati che le spiovevano sulla faccia, ella fissò su di lui, come se non lo riconoscesse subito, i suoi begli occhi tempestosi, incupiti dal bistro nero. Poi, pur sotto la maschera della truccatura, si vide il suo volto trasfigurarsi; e con una voce acuta, piena di affetto carnale (la voce propria delle madri siciliane), ella gridò:

– Andreuccio mio!

Egli si gettò fra le sue braccia, e incominciò a piangere con tanto impeto che credeva di non poter piú fermarsi. Finalmente si ricordò d'essere un uomo, e respingendo il pianto si staccò da lei. Provò, allora, una grandissima vergogna di essersi abbandonato in quel modo al cospetto di tante donne estranee; e volse intorno, su di loro, degli sguardi minacciosi, come se intendesse sterminarle tutte.

Sua madre lo guardava con un riso inebriato:

– Ma come hai fatto! Come puoi esser qui!

Alzando una spalla, disse:

– Sono fuggito.

– Fuggito dal Collegio! E... la tua tonaca?

Alzò di nuovo la spalla, e il suo ciuffetto gli cadde sugli occhi. Poi, con un piccolo sorriso noncurante, infilò le mani nelle tasche dei pantaloni.

Si difendeva dalla curiosità di tutte quelle donne col non guardarle in faccia; adocchiandole appena di sotto le palpebre con una espressione fra spavalda e scontrosa. Sua madre lo rimirava come fosse un eroe, come fosse un partigiano che avesse passato le linee nemiche.

– Sei fuggito dal collegio... per venire qui da me!

– Si capisce.

Quelle donne facevano intorno dei grandi commenti, e un grande rumoreggiare. Egli aggrottò i sopraccigli, e, sopra la ruga della meditazione, la ruga della severità gli segnò profondamente la fronte.

– Santo! Angelo mio santo! Cuore mio! – esclamò sua madre, baciandogli le mani.

Febbrilmente, ella si nettava il viso con una pezzuola intrisa di crema. Quindi si nascose dietro una tenda per togliersi la doppia gonnellina di tulle, il busto di pietre preziose, la maglia di seta che le ricopriva tutto il corpo (simile a una lunghissima calza), e indossare il suo decoroso abito nero, e il cappello con la veletta. Vestita che fu, incominciò a raccogliere intorno (di dietro la tenda, da un attaccapanni e da una cesta posta sotto la specchiera), diverse gonnelle, tutú, piume, diademi, riponendo tutto alla rinfusa dentro una valigia e dicendo:

– Basta. Domani non recito. Potete dirlo alla compagnia. Arrivederci –. Ella aveva, nel dir cosí, i modi regali e capricciosi d'una prima-donna, e pronunciò la parola *Compagnia* con una smorfia sprezzante, come di chi allude a persone volgari, incapaci di apprezzare la vera arte. Tralasciamo adesso due o tre frasi un poco maliziose e perfide, che le furono date in risposta da qualcuna delle sue colleghe presenti nello spogliatoio, e sulle quali (come sui commenti maligni uditi prima nel corridoio), la mente di Andrea doveva ritornare piú tardi.

Salutate che ebbe tutte quelle donne, ella prese per mano Andrea, conducendolo fuori e giú per la scaletta verso la strada. Pur nella commozione di quel momento, però, Andrea si adontò d'esser trattato come un bambino, e svincolò la propria mano da quella di lei. Quindi, aggrottando le ciglia, le ritolse, per portarla lui, la valigia ch'ella reggeva con la destra. Allora, ella non solo gli cedette tosto la valigia, ma, con intuizione meravigliosa, s'appoggiò al suo braccio!

Il portinaio-carceriere stavolta alzò gli occhi al loro passaggio; ma Andrea passò davanti alla guardiòla con una espressione cosí sprezzante che, se appena serbava un resto di dignità umana, colui dovette sentirsi incenerire, e vergognarsi di tutto il suo passato, e delle mille volte che aveva richiuso, con sinistro tintinnio di chiavi, l'uscio d'una cella!

– Carrozza! – gridò Giuditta appena furono nella piazzetta. E subito, alla compiacente frustata del vetturino, un bel cavallino pezzato, che recava al collo un sonaglio, mosse verso i nostri due passeggeri. Giuditta appariva del tutto guarita del grande dolore di poc'anzi. Esilarata, appassionata piú di quanto Andrea l'avesse mai vista prima, seduta che fu accanto a lui nella carrozza gli si strinse al braccio dicendogli: – Ah, cavalierino mio caro, angelo del cuore mio, che regalo prezioso m'è toccato stasera! – Ella dette al vetturino l'indirizzo del proprio albergo, decidendo che Andreuccio doveva dormirvi con lei, questa notte, e lei stessa, la mattina dopo, avrebbe pensato a giustificarlo coi padri. Ma allora Andrea si ricordò del proprio dovere, vale a dire della promessa fatta ad Anacleto e ad Arcangelo Giovina, di riportare alla stalla i loro vestiti prima dell'una di notte. – Ebbene, ti accompagno, – disse Giuditta, – la carrozza ci condurrà fin dove è possibile, e lí ci aspetterà, con la valigia, finché non torniamo dalla stalla. Poi ci porterà all'albergo.

E la carrozza, annunciata dal suo gaio sonaglio, riattraversò le medesime vie che Andrea, un'ora prima, aveva percorso, guardingo come un ladro, e solo col tristo dubbio (anzi, quasi certezza), di non esser piú amato!

Quanto appariva assurdo, adesso, un tale dubbio; con che scorno la sua nera ombra si allontanava, nella sua compagnia di spettri, di là dall'orizzonte stellato di quella meravigliosa notte!

Al termine d'un viottolo, la carrozza non poté piú proseguire, e Andrea, in compagnia di sua madre, ne scese per raggiungere a piedi il capanno dove aveva nascosto la tonaca. Avanzando rapidi fra l'erba alta, non ancora falciata, essi misero in fuga un giovane ranocchio la cui minuscola ombra saltellante si vide riapparire in un vicino sentiero. E Andrea pensò subito: «Certo adesso ritorna allo stagno, dove lo aspetta sua madre, la Rana». Non solo i campi tranquilli, i monti e la terra dormiente, ma perfino il cielo, gli parevano delle stanze affettuose, dove si raccoglievano delle famiglie felici come lui stesso era felice in quel momento. L'Orsa in cielo con le sue mille figlie, e presso il fiume una famiglia di pioppi, e qua una grossa pietra, vicino a una pietra piccola, somigliante a una pecora col suo agnello. Presto furono al capanno, dove Andrea, spogliatosi dell'abito borghese, fece per rimettersi la tonaca; ma Giuditta (che s'era attristata in viso al solo rivedere quella veste nera), lo dissuase, con argomenti molto giusti, dal mostrarsi in quella notte vestito da pretino. E poiché, tolti gli abiti imprestati, Andrea non aveva di che vestirsi, lo ricoprí con un grande scialle andaluso, parte d'un suo costume di teatro, che non aveva trovato posto nella valigia e ch'ella portava ripiegato sul braccio. Tanto (ella argomentò per convincere il figlio), dal capanno alla stalla non si poteva incontrare nessuno; al vetturino, farebbero credere ch'egli s'era inzuppato i vestiti, cadendo per accidente nello stagno; e all'albergo, poi, non troverebbero, a quell'ora, che il portiere di notte (mezzo addormentato dietro il suo banco, nell'ingresso scuro); il quale, avvezzo a un via vai di gente di teatro, non s'interesserebbe di certo al passaggio d'uno scialle andaluso, e, magari, scambierebbe Andrea per una ragazza.

Giuditta rimase ad attendere presso il capanno, mentre Andrea, avvolto nell'immenso scialle andaluso, correva verso la stalla di Anacleto. Secondo la promessa, egli lasciò cadere gli abiti imprestati, attraverso la grata della finestra, nell'interno, senza svegliare i dormienti. A dire il vero, il suo scialle lo esilarava tanto ch'egli fu assai tentato di chiamare Anacleto e il suo amico: il solo pensiero di farsi vedere da loro camuffato in quel modo lo faceva ridere. Ma, sebbene a malincuore, rinunciò all'idea. Nella stalla il lume era stato spento, e dalle tenebre tranquille, nel familiare odore di fieno e di strame di cavalli, saliva un russare virile e simpatico: «certo è il militare», pensò Andrea. Si udí quindi un leggero brontolio: «dev'essere Anacleto che sogna». Poi si avvertí un sospiro, appena un soffio; e Andrea s'immaginò che fosse il puledrino.

– Grazie, Anacleto, – egli mormorò, – grazie, Giovina. Dormite bene tutti, anche voi, cavalli. Buona notte –. E, dopo questo saluto, corse di nuovo attraverso i campi, nel grande scialle andaluso, verso sua madre che lo aspettava.

Non fu necessaria nessuna spiegazione: ché, infatti, né il vetturino, né il portiere di notte dell'albergo non mostrarono nessuna curiosità per Andrea e per il suo scialle: in verità, avvezzi entrambi a servire gente di teatro dovevano aver fatto ormai l'abitudine a personaggi e commedie d'ogni sorta. L'albergo, ch'era piuttosto una locanda, si chiamava *Albergo Caruso*, ed era tenuto da un napoletano che aveva ornato ogni camera con qualche quadretto a colori raffigurante il Vesuvio, o una gaia figura di tarantella. La camera di Giuditta (ammobiliata con pochi mobili in serie, di quello stile che pareva estroso e moderno trenta o quarant'anni prima), come tutte le altre dell'albergo era fornita di due lettini, ma Giuditta la occupava da sola, non avendo voluto, per decoro, dividerla con nessuna compagna. Fra i due lettini, sul pavimento sconnesso (il palazzo era antico), era steso un piccolo scendiletto, dal disegno, quasi svanito, a rombi e a losanghe. L'unica lampada, appesa nel centro del soffitto, dava una luce fioca, e ogni momento si spegneva e riaccendeva, per colpa dell'interruttore guasto, che s'era schiodato dal muro e pendeva giú dal suo filo. In un angolo della stanza, c'era un lavandino con l'acqua corrente fredda, fornito di un solo asciugamano assai leggero, tutto bagnato, che portava, stampigliate a caratteri neri, le parole *Albergo Caruso*. Una parete si adornava d'un quadro a colori raffigurante sul fondo il Vesuvio che fumava, e, in primo piano, un bel vecchione, con una barba pari a quella di Mosè e una fusciacca rossa per cintura: il quale guardava il vulcano fumare e, per conto suo, fumava la pipa, con piacere evidente.

La finestra, senza tendine, dava su un cortile tranquillo, donde si udiva un lieve rumore d'acqua e, di tanto in tanto, le voci dei gatti di grondaia.

Giuditta sprimacciò e rifece con cura uno dei due lettini, per Andrea. E appena lo vide là, coricato, si accoccolò ai suoi piedi, sullo scendiletto, come una cagna, e guardandolo con una tenerezza e fedeltà indicibile, esclamò: – Occhi miei belli, occhi santi, stelle della madre vostra, ah, mi pare un sogno di vedervi qui, in questa camera, in questo lettino! Madonna mia, non sarà un sogno? – Ed ella si stropicciò gli occhi, come per rassicurarsi d'essere sveglia: in quest'atto ruppe in pianto, e sorridendo nel tempo stesso, tutta esaltata disse:

– Andreuccio, vogliamo fare un patto noi due, stanotte? vuoi sentire un mio progetto per il futuro? Io mi ritiro per sempre dal teatro, e tu lasci il collegio. Torniamo a Roma, e ci riprendiamo Lauretta nostra, e rimettiamo su casa. Ho ancora un poco di rendita da Palermo, e mi aiuterò dando qualche lezione di danza, finché voi due non avrete finito gli studi. Tu e Lauretta vi iscriverete al Liceo, a Roma, e vivremo noi tre insieme, e tu sarai il capo della famiglia.

A questo discorso, Andrea provò una tale commozione di gioia, che rabbrividí dalla testa ai piedi:

– Tu, – domandò, – non torni piú sul teatro?

– Mai piú, – ella dichiarò, corrugando sdegnosamente la fronte, e contemplandolo fra i singhiozzi, e torcendosi le mani, come per timore ch'egli rifiutasse il patto, – mai piú, se tu vuoi. Ma tu, non mi lascerai sola? Rinunci al collegio, rinunci a diventare prete? Sí? mi dici di sí? sí? sí?

Egli la fissò con espressione coscienziosa e severa; poi, disse, annuendo:

– Certo, se rimettiamo su casa, ci vuole un capo, per la famiglia!

Giuditta gli afferrò una mano e la coprí di baci. In quel momento (gli disse in seguito), egli aveva assunto proprio un'aria da siciliano: di quei siciliani severi, d'onore, sempre attenti alle loro sorelle, che non escano sole la sera, che non lusinghino gli spasimanti, che non usino il rossetto! e per i quali *madre* vuol dire due cose: *vecchia* e *santa*. Il colore proprio agli abiti delle madri è il nero, o, al massimo, il grigio o il marrone. I loro abiti sono informi, giacché nessuno, a cominciare dalle sarte delle madri, va a pensare che una madre abbia un corpo di donna. I loro anni sono un mistero senza importanza, che, tanto, la loro unica età è la vecchiezza. Tale informe vecchiezza ha occhi santi che piangono non per sé, ma per i figli; ha labbra sante, che recitano preghiere non per sé, ma per i figli. E guai a chi pronunci invano, davanti a questi figli, il nome santo delle loro madri! guai! è offesa mortale!

Concluso il grande patto, Giuditta si attardò con Andrea a far progetti per il futuro. Per cominciare, fu stabilito che, alle prime ore della mattina dopo, ella si recherebbe al collegio per comunicare ai padri la decisione di suo figlio di non rientrarvi piú. Quindi, in tutta fretta, andrebbe ad acquistare un abito borghese, bello e fatto, per Andrea. Il quale, oltre alla tonaca e a poca biancheria, non possedeva sulla terra altro vestito fuori di quello, fattosi ormai troppo piccolo, che indossava quando, bambino, era entrato in collegio.

Per mancanza di panni da coprirsi, Andrea non potrebbe alzarsi dal letto fino al ritorno di sua madre da queste commissioni. Ma lei era sicura di fare tanto presto che, certo, lo ritroverebbe ancora addormentato.

Tutti questi discorsi di Giuditta furono interrotti da una arrogante voce femminile che, dalla stanza vicina, picchiando con energia contro un uscio comune, ammoní: – Ehi, gente! Sono le tre! Quando ci lasciate dormire?

Giuditta s'infiammò di sdegno; e balzando verso quell'uscio, proruppe: – Ah, sentite chi protesta! proprio voi, che per tutto il pomeriggio non m'avete lasciato riposare un minuto con le prove dei vostri gorgheggi! E ieri notte! meglio non parlarne! ho dovuto coprirmi gli orecchi per la vergogna! Proprio loro! proprio quelle due fanno le smorfiose!

Si udí nella stanza vicina un brontolio, poi qualche risata sommessa; e una voce femminile, diversa dalla prima, gridò, in accento di canzonatura:

– *Trionfo viennese!*

Giuditta rimase un attimo titubante, come fosse sul punto di scagliarsi contro l'uscio; ma si trattenne, e lanciò invece, all'indirizzo dell'avversaria invisibile, quest'unica parola, di cui l'intenzione insultante (indubbia, a giudicare dal tono), resta assolutamente misteriosa:

– *Tenore!*

Poi spense la luce, e, dopo essersi spogliata al buio, si coricò nel suo lettino.

Di lí a un minuto, udendo dei brevi lamenti, e dei rotti sospiri, Andrea mosse le labbra, immaginandosi di dire:

– Mamma, non piangere.

Ma in realtà non pronunciò parola, perché in quel medesimo istante cadde addormentato. Si risvegliò di colpo, dopo un'ora appena, forse (ancora non spuntava l'alba). A svegliarlo, era stato il pensiero di Dio. Si ricordò di non aver detto le preghiere prima d'addormentarsi e di non avere mai in quella notte, neppure un solo istante, neppure soltanto col pensiero, chiesto perdono a Dio per le orribili infrazioni commesse. Non osò, adesso, né di pentirsi né di pregare: oramai, egli era un disertore, aveva rinunciato alla conquista del Paradiso! E gli parve di vedere le Milizie celesti: immensa flotta armata, rilucente d'acciaio, d'ali sante e di bandiere, allontanarsi e dileguare come le nuvole, lasciando sulla terra il traditore Campese! A questa immaginazione, Andrea pianse dolorosamente, di nostalgia e di rimorso. Cominciava a spuntare il giorno, e alla prima luce gli apparve, fra le lagrime, un'ampia forma nera che pendeva dalla maniglia della finestra: era lo scialle andaluso, che gli sembrò l'immagine stessa della sua vergogna. Doveva proprio aver perduto il sentimento dell'onore, quella notte, per ricoprirsi d'un simile straccio umiliante senza provarne onta, anzi perfino con un certo gusto. Ma sopraffatto dall'angoscia e dalla stanchezza, si riaddormentò.

Lo risvegliò (era mattino alto), Giuditta che tornava, tutta contenta, dall'aver eseguito le sue commissioni. L'incubo dell'alba era svanito. Ella gli portava un abito completo, acquistato nella bottega piú elegante della città: un abito *da uomo*, vale a dire in tutto e per tutto, nelle finiture e nel taglio, di perfetta foggia virile: con pantaloni lunghi e giacca estiva, a un solo bottone, dalle spalle bene imbottite. Il genio e la fortuna avevano assistito Giuditta cosí che la misura di quell'abito rispondeva esattamente alla persona di Andrea, e non occorreva ritoccarne una piega né una cucitura. Una provvidenza addirittura miracolosa le aveva fatto trovare pure una piccola camicia di seta bianca, fornita di colletto e polsini, che pareva tagliata apposta per Andrea. E, naturalmente, ella non aveva dimenticato la cravatta, a strisce rosse e turchine, e recante, sul rovescio, un'etichetta di raso giallo (per acquistare tutte queste eleganze, Giuditta aveva venduto la propria *trousse* d'oro).

Poiché, indossato il vestito, per prima cosa infilò le mani in tasca, Andrea scoperse che entrambe le tasche della giacca contenevano una sorpresa. In una, c'era un portafogli di pelle di cinghiale, e nell'altra, un pacchetto di sigarette americane!

Andrea arrossí di soddisfazione, e volse a Giuditta un sorriso di fierezza e di gratitudine immensa!

In seguito, e nel giro di pochi mesi, questi ricordi dovevano decadere, corrompersi. Il reciproco patto di Giuditta e Andrea fu rispettato, i loro progetti furono eseguiti. Ma non passò molto tempo, e Andrea cominciò a capire che il suo patto con Giuditta, e tutta la sua vita precedente, gli avevano nascosto un inganno. Sua madre non aveva, in realtà, lasciato il teatro per amor suo, di Andrea, ma perché non le rimaneva nessun'altra via possibile, e da tempo, certo, ella si preparava a una simile risoluzione. Il decisivo insuccesso di quella sera famosa era stato, forse, piú amaro degli altri, ma non era certo il primo. Ogni serata di Giuditta, oramai, in qualsiasi città o teatro, finiva nell'insuccesso e nella mortificazione: ecco la verità; e perfino i piú modesti impresari di provincia spesso le rifiutavano una scrittura. Ella era fallita come danzatrice classica e non era adatta per il *varietà* e per la *rivista*. Infine, in quella notte Giuditta non aveva sacrificato nulla ad Andrea, ed era ricorsa a lui solo perché il teatro l'aveva respinta.

Questa prima amarezza fu, per Andrea, quasi una maga provvista d'uno specchio nel quale, via via, gli si svelarono le vere figure di tutte le sue illusioni. Egli arrivò a convincersi che sua madre non solo non era mai stata la famosa artista che lui bambino immaginava, ma non era stata neppure un'artista incompresa, e neppure un'artista. Lo scandaloso insuccesso di quell'ultima serata non era stato (come aveva supposto lui puerilmente), l'effetto inaudito, mostruoso dell'ignoranza provinciale. Certo, il pubblico di quella piccola città era ignorante, rozzo e stupido; ma nessun pubblico al mondo poteva ammirare Giuditta Campese, la quale possedeva soltanto l'ambizione, senza il talento. A questo punto, si ripresentarono alla memoria di Andrea le parole maligne udite quella sera là in teatro, nel corridoio dei camerini. Egli le aveva udite allora quelle parole; ma, come soldati che preparano un'imboscata, appena udite, esse eran corse a rifugiarsi in un nascondiglio della sua mente, donde riapparvero, per assalirlo d'improvviso. Andrea le riudí, una per una, e imparò ch'esse riguardavano sua madre. Erano parole odiose, nemiche crudeli da cui voleva difendersi; ma, alla fine, mentivano? Attento, Andrea, sii sincero, quale risposta puoi dare? Quelle parole *mentivano*? No, esse dicevano la verità! Giuditta Campese non era piú una bella donna. Forse, non era mai stata proprio bella, ma adesso era finita, una vecchia.

Per questi motivi, egli ebbe pietà di lei, e le perdonò. Ma il perdono che nasce dalla compassione è un parente povero del perdono che nasce dall'amore.

La trasformazione di Giuditta la danzatrice in una madre, è stata inverosimile, miracolosa. Adesso, Giuditta somiglia proprio a quelle madri siciliane che si rinchiudono in casa, e non vedono mai il sole, per non fare ombra ai loro figli. Che mangiano pane asciutto, e lasciano lo zucchero per i loro figli. Che vanno in giro spettinate, ma hanno una manina leggera leggera per fare i riccioli sulla fronte dei loro figli. Che si vestono di fustagno stracciato, come le streghe; ma ai loro figli, per l'eleganza, bisogna dire *Madama* e *Milord*!

Andrea, però, non le è grato di tutto questo. Egli la guarda, con occhi pieni d'indifferenza e di malinconia. È nervoso, taciturno, e non si cura per nulla di fare il capo di famiglia. Si direbbe quasi, anzi, che si vergogna d'avere una famiglia. Non si dà affatto la pena di sorvegliare sua sorella; s'ella è invitata a qualche festa o ricevimento, si rifiuta d'accompagnarla. E non va mai in chiesa, anzi ha tolto anche il quadro del Sacro Cuore da capo del proprio letto.

È cresciuto ancora, in questi ultimi tempi: oramai è piú alto di Giuditta. È magro, e un poco sgraziato nei gesti. Le sue guance non sono piú tenere e lisce come prima. E la sua voce, che fino a pochi mesi fa era delicata come quella d'una capinera, s'è fatta stonata e ruvida.

Arrivano le ballerinette di Giuditta per la lezione di danza: egli non le guarda neppure in faccia, e sprezzante, infastidito, se ne va. Passa molte ore fuori di casa. Dove va? Con chi s'incontra? Mistero. Una signora, madre d'una allieva di Giuditta, ha avvertito Giuditta, in confidenza, che lo si vede spesso in un caffè della periferia, *con una banda di giovani scamiciati, fanatici e sovversivi.*

Giuditta non osa interrogare Andrea, tanto ne ha soggezione. È orgogliosa di suo figlio, e, in cuor suo, non gli dà mai torto, convinta che lui sia destinato a qualcosa di grande.

Andrea spesso s'immagina il futuro quale una specie di grande Teatro d'Opera, dietro le cui porte s'aggira una folla sconosciuta, misteriosa. Ma il personaggio fra tutti misterioso, ancora sconosciuto a lui stesso, è uno: Andrea Campese! Come sarà? Egli vorrebbe immaginare il futuro se stesso, e si compiace di prestare a questo Ignoto aspetti vittoriosi, abbaglianti, trionfi e disinvolture! Ma, per quanto la scacci, ritrova sempre là, come una statua, un'immagine, sempre la stessa, importuna:

un triste, protervo Eroe
avvolto in uno scialle andaluso.

Nota

Il ladro dei lumi, finora inedito, porta la data del 1935, e appartiene dunque ancora alla preistoria dell'autrice. Una preistoria, come si vede, non risparmiata dai terrori primordiali: e ne dà successiva testimonianza, un anno dopo, *L'uomo dagli occhiali*, il quale risente poi, nel suo goticismo, di qualche influsso kafkiano (questa però fu la prima e l'ultima volta che E. M. – sia detto a sua giustizia – risentí l'influsso di un qualsiasi altro autore al mondo).

L'uomo dagli occhiali (1936), *La nonna* (1937), *Via dell'Angelo* (1937), *Il gioco segreto* (1937), *Il compagno* (1938) e *Un uomo senza carattere* (1941) sono parte scelta di una raccolta uscita in volume per l'editore Garzanti nel 1941. A proposito di *Via dell'Angelo*, forse incuriosirà qualche lettore la notizia che questo racconto (come avvenne per certe strofe del poeta Coleridge) non fu in massima parte se non la trascrizione mattutina di un sogno fatto, durante la notte, dalla stessa, allora giovanissima, autrice.

Il cugino Venanzio (1940) appartiene ad una serie di *Aneddoti infantili*, che forse prima o poi apparirà tutta in qualche volume sotto questo titolo. Simili aneddoti, cosí come i due raccontini qui riuniti sotto i nomi di *Andurro e Esposito* (1940) uscirono al loro tempo sulla rivista «Oggi» e tradiscono forse una certa fretta nel comporli (in quegli anni infatti, E. M. per necessità economiche pubblicava un racconto ogni settimana). *Il soldato siciliano* (1945) apparso nel primo dopoguerra sulla rivista «L'Europeo» (poi «L'Espresso») appartiene a un gruppo di tre racconti di guerra, del quale gli altri due sono perduti. *Donna Amalia* (1950) è frammento di un romanzo-balletto mai stampato, intitolato *Nerina*. E infine *Lo scialle andaluso* (1951) apparso per la prima volta sulla rivista «Botteghe Oscure», entrato poi a far parte di qualche antologia e collezione straniera, e uscito recentemente su «Temps Modernes», è quasi contemporaneo del romanzo *L'isola di Arturo.* Appartiene già, dunque, alla maturità dell'autrice la quale ha sempre avuto per questo racconto una simpatia particolare.

1963.

Appendice

Cronologia della vita e delle opere

1912-22 Elsa Morante nasce a Roma, in via Aniero 7, il 18 agosto 1912; è figlia di Irma Poggibonsi – moglie di Augusto Morante – e Francesco Lo Monaco. Venuta alla luce dopo Mario, morto in tenerissima età, è la secondogenita della famiglia; a lei seguiranno tre fratelli: Aldo, Marcello e Maria. La madre, ebrea originaria di Modena, è maestra alle scuole elementari; il padre anagrafico è istitutore al riformatorio romano «Aristide Gabelli». Ad alcuni mesi dalla sua nascita, la famiglia Morante si trasferisce nel quartiere Testaccio. Elsa non frequenta le scuole elementari, e per qualche tempo viene ospitata in una villa del quartiere Nomentano dalla madrina, donna Maria Guerrieri Gonzaga: «ero una bambina anemica; la mia faccia, fra i riccioli color "ala di corvo", era pallida come quella di una bambola lavata, e i miei occhi celesti erano cerchiati di nero. Venne un giorno una lontana parente, che aveva per sua sorte favolosa sposato un conte ricchissimo. Ella mi guardò con pietà e disse: "La porto a vivere con me, nel mio giardino"».
I quaderni risalenti a questo periodo già contengono, tra i disegni, storie, poesie e dialoghi.

1922-30 La famiglia Morante si trasferisce nel quartiere Monteverde Nuovo, dove Elsa si iscrive dapprima al ginnasio, poi al liceo. Verso i diciotto anni, dopo aver conseguito il diploma, lascia la famiglia e va a vivere per conto proprio. Per la mancanza di mezzi economici abbandona l'università (facoltà di lettere) a cui si era iscritta e si mantiene dando lezioni private di italiano e latino, aiutando gli studenti a compilare tesi di laurea e pubblicando poesie e racconti su riviste.

1930-35 Dopo alcune sistemazioni provvisorie, Elsa prende in affitto un alloggio in corso Umberto. Inizia a collaborare al «Corriere dei Piccoli» e a «I diritti della scuola» sul quale dal 1935 esce a puntate il romanzo *Qualcuno bussa alla porta.*

1936-40 Comincia la collaborazione al «Meridiano di Roma» con i racconti *L'uomo dagli occhiali*, *Il gioco segreto*, *La nonna* e *Via dell'Angelo* poi raccolti nei volumi *Il gioco segreto* e *Lo scialle andaluso*. Nel 1936 conosce Alberto Moravia con il quale inizia di lí a un anno una relazione. Risale a questo periodo un quaderno di scuola intitolato *Lettere ad Antonio*, uno dei piú importanti documenti intimi rimastoci, un diario personale di fatti reali e descrizioni di sogni. Collabora, talvolta con pseudonimi, al settimanale «Oggi» sul quale pubblica racconti e cura la rubrica «Giardino d'infanzia». Traduce *Scrapbook* di Katherine Mansfield (*Il libro degli appunti*, Longanesi 1941).

1941-43 Il 14 aprile 1941, lunedí dell'Angelo, Elsa sposa Alberto Moravia e con lui si stabilisce in un piccolo appartamento in via Sgambati dove rimarrà, salvo i temporanei spostamenti dovuti alla guerra, fino al 1948. Presso l'editore Garzanti nella collana «Il delfino» esce la raccolta di racconti *Il gioco segreto*. È di questo periodo il quaderno di scuola intitolato *Narciso. Versi, poesie e altre cose molte delle quali rifiutate* che contiene progetti di lavoro, testi abbozzati e poesie. Nel settembre 1942 esce da Einaudi la fiaba *Le bellissime avventure di Caterí dalla trecciolina* (il cui nucleo originale risale ai tempi del ginnasio), illustrata dalla stessa Morante. Ha inizio nel frattempo la stesura del romanzo *Menzogna e sortilegio* originariamente intitolato *Vita di mia nonna*; in esso la saga di una famiglia del Sud italiano è raccontata e ricostruita da un membro dell'ultima generazione, Elisa, che ha scelto di confinarsi nella propria stanza.
Essendo Moravia accusato di attività antifasciste, la coppia si sposta verso Sud, stabilendosi a Fondi, un paese di montagna della Ciociaria, in attesa della liberazione.

1944-48 Dopo un breve soggiorno a Napoli, Elsa comincia la seconda stesura di *Menzogna e sortilegio*. Il racconto *Il soldato siciliano*, poi raccolto nel volume *Lo scialle andaluso*, inaugura la collaborazione con l'«Europeo» su cui uscirà anche *Mia moglie*.

Nel 1947, tramite Natalia Ginzburg, manda *Menzogna e sortilegio* in lettura all'Einaudi che lo pubblicherà l'anno successivo.

1948-49 Le condizioni economiche di Elsa e Alberto Moravia vanno via via migliorando ed Elsa visita per la prima volta la Francia e l'Inghilterra. Nell'agosto 1948 *Menzogna e sortilegio* vince il premio Viareggio. La coppia abbandona la casa di via Sgambati e acquista un attico nei pressi di piazza del Popolo, in via dell'Oca 27; Moravia, inoltre, compra per Elsa uno studio ai Parioli. Nel 1950 inizia a collaborare con la Rai curando la rubrica settimanale di critica cinematografica intitolata «Cronache del cinema»; interromperà tuttavia la collaborazione di lí a due anni, a causa delle ingerenze dei dirigenti.

1950-57 Nel 1950 ha inizio la collaborazione con il settimanale «Il Mondo» sul quale cura la rubrica «Rosso e Bianco»; nel novembre comincia a lavorare a *Nerina*, un romanzo d'amore presto abbandonato che confluirà però nel racconto *Donna Amalia.* Tra l'aprile e il giugno del 1951 scrive il racconto *Lo scialle andaluso* che uscirà in «Botteghe Oscure» nel 1953. Nella primavera del 1952 comincia la stesura di *L'isola di Arturo*, pubblicato da Einaudi nel 1957, con il quale vincerà il premio Strega. La storia della difficile maturazione di un ragazzo che vive quasi segregato nel paesaggio immobile dell'isola di Procida, accanto all'imponente presenza del penitenziario. Con una delegazione culturale visita nel marzo l'Unione Sovietica e in settembre la Cina.

1958-61 Esce da Longanesi la raccolta di poesie *Alibi*, ed Elsa comincia, interrompendosi tuttavia nel 1961, a lavorare a un romanzo intitolato *Senza i conforti della religione*, la storia della caduta di un idolo, la fine di una divinità-fratello distrutta e smascherata dalla malattia. Nel settembre del 1959 parte per New York e Washington dove si trattiene fino alla fine di ottobre. Durante il viaggio incontra Bill Morrow, un giovane pittore newyorkese con il quale instaura un'intensa amicizia. Qualche tempo dopo Morrow lascia gli Stati Uniti per trasferirsi a Roma. Elsa frattanto, pur non abbandonando la residenza coniugale e il proprio studio ai Parioli, si trasferisce in una nuova casa tutta per sé in via del Babuino. Nel numero di maggio-agosto di «Nuovi Argomenti» escono come «saggio sul romanzo» nove risposte ad alcuni quesiti letterari posti dalla rivista. Tali risposte sono poi state raccolte in *Pro o contro la bomba atomica* uscito da Adelphi nel 1987. Nel 1960 invitata al XXXI congresso internazionale del Pen Club parte con Moravia per Rio de Janeiro e trascorre qualche tempo in Brasile. Nel gennaio 1961 si reca in India dove la attendono Moravia e Pasolini: visitano Calcutta, Madras, Bombay e il Sud del paese.

1962-65 Nel 1962, presentato da Moravia, Bill Morrow inaugura una mostra personale alla Galleria La Nuova Pesa di Roma. Nell'aprile dello stesso anno, tuttavia, dopo aver fatto ritorno a New York, Bill Morrow perde tragicamente la vita precipitando nel vuoto da un grattacielo. Nell'autunno Moravia lascia via dell'Oca mentre Elsa continua a risiedere nell'attico di via del Babuino. Nel novembre del 1963 esce da Einaudi la raccolta di racconti *Lo scialle andaluso* ma ogni altro progetto è interrotto e a chi le chiede notizie sul suo lavoro dice di scrivere pochissimo. Nell'autunno del 1965 compie un secondo viaggio negli Stati Uniti trascorrendovi le feste natalizie; di lí raggiunge il Messico, dove il fratello Aldo è dirigente della Banca Commerciale di Città del Messico, per poi spostarsi nello Yucatán.

1966-70 Compone i poemi e le canzoni che andranno a formare *Il mondo salvato dai ragazzini*, edito da Einaudi nel 1968. Una raccolta di poemi e canzoni diretta «all'unico pubblico che oramai sia forse capace di ascoltare la parola dei poeti», i ragazzi, ingenui custodi dell'unica felicità possibile, quella dell'innocenza astorica e barbara. Nel 1969 prepara per i classici dell'arte Rizzoli il saggio introduttivo sul Beato Angelico dal titolo *Il beato propagandista del Paradiso*. Trascorre l'estate del 1970 in Galles a casa dell'amico Peter Hartman.

1970-75 Tra la fine del 1970 e l'inizio del 1971 Elsa comincia a formulare l'idea de *La Storia*, un'«Iliade dei giorni nostri», nata in seguito alla lettura dei greci ritrovati tra le pagine dei quaderni di Simone Weil. La stesura del romanzo la impegnerà fino al 1973. Uscito nel 1974, incontrando un immenso successo popolare ma anche la violenta opposizione dell'*establishment*, il libro racconta l'odissea bellica dell'Italia e del mondo, opponendo alla Storia l'umile microcosmo di una famiglia romana, composta da una donna insicura, un ragazzo, un bambino e un paio di cani.

Nel 1975, in compagnia dell'amico Tonino Ricchezza, trascorre qualche settimana a Procida, l'ultimo soggiorno nell'isola di Arturo; nell'agosto comincia un romanzo dal titolo *Superman*, ma il progetto viene subito abbandonato.

1976-80 Comincia la stesura di *Aracoeli* che la terrà impegnata per cinque anni. Il dolente ritratto di un personaggio «diverso», che disperatamente cerca di ricostruire la figura materna perduta.

Nel marzo del 1980 dopo essersi banalmente rotta un femore viene ricoverata e operata alla clinica «Quisisana».

1981-85 Nel dicembre del 1981 *Aracoeli* è terminato, ma i continui dolori alla gamba la costringono a restare immobile a letto e a farsi ricoverare in una clinica di Zurigo. Le sue condizioni fisiche migliorano leggermente e nel novembre del 1982 esce da Einaudi *Aracoeli*. Presto però la salute di Elsa subisce un peggioramento impedendole di camminare: trascorre le proprie giornate a letto e nell'aprile del 1983 tenta il suicidio aprendo i rubinetti del gas. Viene trovata priva di sensi dalla domestica e trasportata in ospedale dove, diagnosticatale una idroencefalia, è sottoposta a un intervento chirurgico. Le cure non dànno tuttavia i risultati sperati ed Elsa non lascerà piú la clinica. Il 25 novembre 1985, verso mezzogiorno, Elsa Morante muore d'infarto.

Bibliografia essenziale

OPERE DI ELSA MORANTE

Narrativa e poesia.

Le bellissime avventure di Caterí dalla trecciolina, Einaudi, Torino 1942 (nuova edizione riveduta e ampliata: *Le straordinarie avventure di Caterina*, ivi 1959).
Il gioco segreto, Garzanti, Milano 1941.
Menzogna e sortilegio, Einaudi, Torino 1948.
L'isola di Arturo, Einaudi, Torino 1957.
Alibi, Longanesi, Milano 1958.
Lo scialle andaluso, Einaudi, Torino 1963.
Il mondo salvato dai ragazzini, Einaudi, Torino 1968.
La Storia, Einaudi, Torino 1974.
Aracoeli, Einaudi, Torino 1982.
Diario 1938, a cura di A. Andreini, Einaudi, Torino 1989.
Opere, 2 voll., a cura di C. Cecchi e C. Garboli, Mondadori, Milano 1988.

Saggistica.

Gli scritti saggistici di Elsa Morante, mai raccolti in volume dall'autrice, si trovano nel volume postumo *Pro o contro la bomba atomica e altri scritti*, a cura di C. Garboli, Adelphi, Milano 1987. Diamo qui le indicazioni bibliografiche relative a ciascun testo.

Umberto Saba in «Notiziario Einaudi», IV, 1957, n. 1, pp. 11-12.
Risposte a *Nove domande sul romanzo*, in «Nuovi Argomenti», 1959, nn. 38-39, pp. 17-38.

Risposte a *Otto domande sull'erotismo in letteratura*, in «Nuovi Argomenti», 1961, nn. 51-52, pp. 46-49.

Risposta a *Dieci voci per «Il silenzio»*, in «L'Europa letteraria», v, 1964, n. 27, p. 126.
Il beato propagandista del Paradiso, presentazione a *L'opera completa dell'Angelico*, Rizzoli, Milano 1970, pp. 5-10.

Traduzioni.

Katherine Mansfield, *Il libro degli appunti*, Longanesi, Milano 1945
Il meglio di Katherine Mansfield, Rizzoli, Milano 1945.

BIBLIOGRAFIA CRITICA

Sussidio indispensabile per la conoscenza di Elsa Morante sono gli apparati biografici e bibliografici a cura di Carlo Cecchi e Cesare Garboli nell'edizione di tutte le opere, Milano 1988 (si vedano soprattutto le sezioni *Cronologia*, *Bibliografia* e *Fortuna critica*).

Pietro Pancrazi, *Scrittori d'oggi*, Laterza, Bari 1950.
Claudio Varese, *Cultura letteraria contemporanea*, Nistri-Lischi, Pisa 1951.
Emilio Cecchi, *Di giorno in giorno*, Garzanti, Milano 1954.
Giacomo Debenedetti, *L'isola di Arturo*, in «Nuovi Argomenti», maggio-giugno 1957.
Giuseppe De Robertis, *Altro Novecento*, Le Monnier, Firenze 1962.
Giorgio Barberi-Squarotti, *La narrativa italiana del dopoguerra*, Cappelli, Bologna 1965.
Enzo Siciliano, *L'anima contro la storia: Elsa Morante*, in «Nuovi Argomenti», marzo-aprile 1967.
Giorgio Montefoschi, *Funzione dei personaggi e linguaggio in «Menzogna e sortilegio» di Elsa Morante*, in «Nuovi Argomenti» n.s., 15 (1969).
Angelo R. Pupino, *Strutture e stile della narrativa di Morante*, Longo, Ravenna 1969.
Cesare Garboli, *La stanza separata*, Mondadori, Milano 1969.
Luigina Stefani, *Elsa Morante*, in «Belfagor», XXVI (1971).
Carlo Sgorlon, *Invito alla lettura di Elsa Morante*, Mursia, Milano 1972 (nuova ed. 1985).
Cesare Cases, *La Storia. Un confronto con «Menzogna e sortilegio»* in «Quaderni Piacentini», 53-54 (1974), poi in *Patrie lettere*, nuova edizione, Einaudi, Torino 1987.

Pier Paolo Pasolini, *Descrizioni di descrizioni*, Einaudi, Torino 1979.

Rossana Dedola, *Strutture narrative e ideologia nella «Storia» della Morante*, in «Studi novecenteschi», 15, 1976.

Gian Carlo Ferretti, *Il dibattito sulla «Storia» di Elsa Morante*, in «Belfagor», xxx, 1975.

Giorgio Venturi, *Elsa Morante*, La Nuova Italia, Firenze 1977.

Donatella Ravanello, *Scrittura e follia nei romanzi di Elsa Morante*, Marsilio, Venezia 1980.

Carmelo Samonà, *E. Morante e la musica*, in «Paragone», 432, febbraio 1986.

Alberto Moravia, *La leggerezza di Elsa*, «Corriere della Sera», 11 luglio 1987.

Geno Pampaloni, paragrafo dedicato a *La Storia* e *Aracoeli* in *Storia della letteratura italiana*, Garzanti, Milano 1987, pp. 439-441.

Goffredo Fofi, *La pesantezza del futuro*, in «Paragone», n. 450, agosto 1987.

Gruppo la luna, *Letture di Elsa Morante*, Rosenberg & Sellier, Torino 1987.

Franco Fortini, *Nuovi Saggi Italiani*, Garzanti, Milano 1987.

aa.vv., *Festa per Elsa*, a cura di A. Sofri, inserto in «Reporter», 7-8 dicembre 1985.

Graziella Bernabò, *Come leggere «La Storia» di Elsa Morante*, Mursia, Milano 1988.

Goffredo Fofi, *Pasqua di Maggio*, Marietti, Genova 1988.

Cesare Garboli, *Scritti servili*, Einaudi, Torino 1989.

Cesare Cases, saggio sulla connotazione mitologica dell'*Isola di Arturo*, in «l'Indice», marzo 1989.

Cesare Garboli, *Falbalas*, Garzanti, Milano 1990.

– Prefazione a *Alibi*, Garzanti, Milano 1990.

aa.vv., *Per Elisa. Studi su «Menzogna e sortilegio»*, Nistri-Lischi, Pisa 1990.

aa.vv., Atti del Convegno «Per Elsa Morante» (Parigi 1516 gennaio 1993), Linea d'Ombra editore, Milano 1993.

Antologia critica

La Morante a Samarcanda.

«Istoriato e sfavillante come un duomo orientale; popoloso come una piazza nella festa dell'Epifania; signorile come un feudo; e di nessuno dimora, mai, come l'oceano!» Cosí Elsa Morante, esaltando i colori, alzando il timbro della voce, si immagina il mondo: il proprio mondo. Come nasce questa esaltazione? Ne *Lo scialle andaluso* Morante affronta uno dei temi centrali della sua arte: l'amore nascostamente incestuoso che unisce una madre bambina al proprio figlio. Giuditta Campese è una vecchia ballerina senza talento, che dal corpo di ballo dell'Opera di Roma è discesa fino agli squallidi avanspettacoli di provincia: «Febea», la grande vedette internazionale, reduce dai trionfi viennesi. Ma il figlio vede in lei «la gala suprema delle feste notturne: il suo nome misterioso è il vanto delle strade e delle piazze». La sua fantasia raccoglie, attorno a quel nome, il peccaminoso romanzesco del teatro: lo splendore dei suoi sogni infantili. E la madre ballerina che si trasformerà presto in una perfetta madre siciliana, di quelle «che si rinchiudono in casa, vestite di nero, e non vedono mai il sole, per non fare ombra ai propri figli», si accoccola ai piedi del suo letto, come una cagna, esclamando: «Occhi miei belli, occhi santi, stelle della madre vostra, ah! Mi pare un sogno di vedervi qui, in questa camera, in questo lettino!... Su, mio bel cavaliere, non far sospirare tua madre. Forse trovi che son diventata brutta, non sono piú degna delle tue bellezze?»

La Morante si trasforma nella madre infantile e nel figlio adolescente: si investe di questa doppia sorgente di esaltazione; contempla il figlio con gli occhi amorosi della madre, la madre con quelli gelosi ed esclusivi del figlio. E con gli stessi occhi, guarda se stessa e lo spettacolo del mondo; e non può fare a meno di trovarlo sublime e meraviglioso, «istoriato e sfavillante come un duomo orientale».

Eppure non si potrebbe immaginare una vita piú umile: stracci. Interni maleodoranti, miserie piccolo-borghesi e popolane... Le ricchezze che la Morante rovescia sulla sua tela sono dei vetri poveramente colorati, rozzi fondi di bottiglia, gemme da bigiottiere, povere piume, misere «aigrettes» da avanspettacolo. Ma sa rivestirle splendidamente. Saccheggia con sapienza tutti i bazar della immaginazione: copre le tristi stanze con tappeti persiani e cinesi: appende alle pareti umide i sogni barbari dell'Oriente e della Cavalleria: aggiunge fregi, stucchi, creme, decorazioni floreali; e poi innalza la sua voce mirabolante, che declina esclamativi.

Ci persuade, alla fine, di averci mostrato tutte le ricchezze sciorinate sui mercati di Bassora e di Samarcanda; tutte le gemme, le monete e gli ori nascosti nei tesori del Gran Visir. Tra le sue mani, le droghe diventano i frutti e i doni piú autentici della natura. Cosí *Lo scialle andaluso* assomiglia a certe fiabe barocche; le quali ostentano le ricchezze piú opulente e lussuose della fantasia decorativa; e poi le travolgono agilmente in un amabile divertimento musicale.

PIETRO CITATI

«Il Giorno», 18 dicembre 1963.

Lo scrittore è come un ladro di lumi.

Non so se l'arte abbia uno scopo, ma credo che la sua grandezza dipenda dall'atteggiamento che essa assume di fronte alla realtà. La cecità della conoscenza convenzionale fa scorrere la vita fuori della vita e finisce col sostituire al reale lo schermo dell'uso. Van Gogh, in una delle lettere a Théo, scrive che spesso gli uomini vivono prigionieri «dans je ne sais quelle cage horrible, horrible, très horrible». È da questa gabbia che l'arte ci deve salvare, e se non lo fa, se non si pone di fronte alla realtà in modo assolutamente autentico, anche se sia guidata da un'intelligenza eccezionale, questa intelligenza non sarà mai di quella specie che Dostoevskij definiva primaria, e l'opera che ne scaturirà non sarà un'opera d'arte. «Sais-tu ce qui fait disparaître la prison? – continua Van Gogh nella sua lettera – c'est toute affection profonde, sérieuse. Être amis, être frères, aimer...» C'è una poesia di Elsa Morante in cui si esprime un concetto analogo: «Solo chi ama conosce... Solo a chi ama il Diverso accende i suoi splendori». Ma l'arte fa qualcosa di piú dell'amore, non si limita a scoprire la realtà, ma penetra piú profondamente in essa.

Non è senza motivo che, dovendo parlare di un libro di Elsa Morante, abbiamo premesso queste considerazioni. Elsa Morante è, forse, nel nostro secolo, lo scrittore che ha avuto maggiore coscienza di questo compito supremo dell'arte, e che ad esso si è mantenuto costantemente fedele anche attraverso la disperazione piú profonda, quando la vita giunge fatalmente a incontrare «il rischio mortale della coscienza». I racconti che compongono questa raccolta (tranne gli ultimi due, fra i quali è *Lo scialle andaluso*, che dà il titolo al volume) sono stati scritti prima del 1948, anno in cui uscí *Menzogna e sortilegio*. Ma non si creda, per questo, che *Lo scialle andaluso* presenti una Morante minore. Non esiste una Morante minore, almeno nei volumi che essa ha pubblicato: opere minori non sono certo questi racconti come non lo erano le poesie di *Alibi*, alle quali la critica non ha prestato sufficiente attenzione. La professione di fede che si legge in *Avventura* «Per te, mio santo capriccio, volto divino, senz'armi e senza bussola sono partita... A difficili amori io nacqui» non è mai stata smentita né è venuta meno la consapevolezza della missione dell'arte. Ci sono, nello *Scialle andaluso*, due racconti (il primo, *Il ladro dei lumi*, e il penultimo, *Donna Amalia)* che sono come i due poli estremi del mondo della Morante, le due facce della sua fede. C'è qualcosa di profondamente poetico nell'immagine di Jusvin, il guardiano del tempio che è incaricato di mantenere accese le lucerne dedicate ai morti e che una sera decide di spegnerle per lucrare il prezzo dell'olio. «Una sera era appena entrato, che vidi ad una ad una spegnersi le lucerne; ed egli uscí, guardingo, col suo spegnitoio, lasciando dietro di sé un buio enorme». Jusvin è l'oscuro simbolo dell'artista e dell'uomo moderno; come Jusvin, l'artista moderno è un ladro di lumi, il suo delitto è il prezzo che egli deve pagare al «buio enorme» che avvolge l'umanità. Se Jusvin è la tragedia dell'arte e della morte, Donna Amalia è invece lo splendore dell'arte e della vita. Il suo segreto sta in ciò: «che ella, a differenza della gente comune, non acquistava mai, verso gli aspetti (anche i piú consueti) della vita, quell'abitudine da cui nascono l'indifferenza e la noia».

Verso questo ideale tende il desiderio dell'uomo, e, quando non può raggiungerlo, egli è simile a quel Don Miguel che, avendo perduto Donna Amalia, si ritira in un castello e muore di malinconia: «tutte le sue ricchezze gli parevano sabbia del deserto, se non poteva goderle insieme a lei».

Ma Donna Amalia e il ladro di lumi sono anche due diverse immagini della vita, di cui la prima decade e eternamente rinasce dalla seconda nella vicenda dell'esistenza individuale. E i racconti di Elsa Morante, come i suoi romanzi, sono racconti di educazione (educazione dell'uomo a se stesso, alla vita e alla morte). Ma Andrea Campese, che passa attraverso esperienze infantili e virili, è qualcosa di piú che una rappresentazione del mutamento di visione che consegue all'uscita dall'infanzia. Non è forse anche la madre, Giuditta, che rinuncia a un miraggio per accettare il suo nuovo e piú reale destino? Il corrispondente mutamento di Andrea appare piuttosto come uno dei piú poetici simboli (e perciò spesso la sua storia va al di là della sua vicenda particolare) della condizione umana nella letteratura contemporanea, l'immagine dell'Io avvolto nel velo di Maia davanti a un mondo di fantasmi e di apparenze:

> Un triste, protervo eroe
> avvolto in uno scialle andaluso.

Resta da dire qualcosa dello stile di Elsa Morante, quello stile che credo sia apparso come un mistero straordinario a coloro che non riescono ad amarlo. Il suo realismo è come animato da un intimo processo di metamorfosi in un abissale irrealismo senza fondo. Forse la migliore definizione del suo stile l'ha data l'autrice stessa quando ha scritto nella dedica a *Menzogna e sortilegio*: «l'ago è rovente, la tela è fumo». Colpisce l'attenzione e la precisione con cui sono descritti luoghi e oggetti; e tuttavia quei luoghi e quegli oggetti non sono il protocollo del reale, ma la fondazione di una nuova realtà. Si è parlato del senso del demoniaco di Elsa Morante: ma io credo che piú propriamente si sarebbe dovuto parlare di senso della demonicità. La percezione della vita delle cose, del demone che è in loro, è anche la caratteristica del fiabesco, un termine di paragone che viene spontaneo leggendo questi racconti (si pensi a *La nonna* e a *Il gioco segreto*, e allo stesso *Scialle andaluso*). Ma il segreto dello stile di Elsa Morante sta nel suo atteggiamento di fronte al mondo, che è troppo complesso per essere qui brevemente riassunto, ma che certo ricorda la definizione che Spinoza diede della benevolenza come amore nato dalla pietà e pietà nata dall'amore.

Si è detto piú sopra che Jusvin e Donna Amalia sono i due simboli estremi della condizione dell'artista e dell'uomo moderno. Ma in un altro racconto si affaccia una figura che è in qualche modo intermedia fra le due e che esprime forse il vero messaggio di Elsa Morante. Nel *Soldato siciliano*, mentre la protagonista si riposa in una capanna dove ha trovato ospitalità per la notte, entra improvvisamente un soldato. Egli ha in mano una lampada da minatore e la protagonista gli fa osservare «che avrebbe svegliato tutti, con la sua luce accecante». Il racconto che egli fa in dialetto siciliano si apre con le parole: «il mio nome è Gabriele». Ciò che egli cerca, è di «venire colpito, un giorno o l'altro».

Non è facile dimenticare l'apparizione di questo soldato che vaga per il mondo con una lanterna da minatore, aspettando la morte. È un'immagine stranamente sorella e insieme antitetica a quella di Andrea Campese che corre di notte verso la stalla avvolto nello scialle andaluso. Di fronte a questo dono di conoscenza di Elsa Morante, vengono spontanee alle labbra le parole di una delle sue poesie:

> Tutto quel che t'appartiene, o che da te proviene,
> è ricco d'una grazia favolosa.

GIORGIO AGAMBEN

«Paese Sera», 10 gennaio 1964.

Dodici racconti di Elsa Morante.

I confini tra magia e poesia, è risaputo, sono cosí sfumati da far perfino dubitare della loro esistenza. Nessun cartografo è mai riuscito a tracciare una linea di demarcazione netta, e probabilmente la differenza fra i due territori, i quali cosí spesso confondono le rispettive bandiere, sta tutta e soltanto nell'accento diverso o nella diversa iridescenza sonora e concettuale che di volta in volta si dona al medesimo vocabolo: incantesimo.

Pieni d'incantesimo nel senso piú profondo e piú proprio della parola (piena di magia: di poesia; e forse il vero e unico confine, che del resto non ha sentinelle contrapposte, è dato dalla spera cristallina d'uno specchio) sono i dodici racconti che Elsa Morante, dopo i due romanzi che le han procacciato la fama (*Menzogna e sortilegio*, del '48 e *L'isola di Arturo*, del '57) ha raccolto in volume per l'editore Einaudi di Torino, ponendo sul frontespizio il fascinoso titolo dell'ultimo, *Lo scialle andaluso*.

Sei di questi racconti invero – figurano qui come parte scelta dall'opera prima della Morante, *Il gioco segreto*, apparsa nel 1941 – eran già noti, e precisamente i racconti *L'uomo dagli occhiali* (1936), *La nonna*, *Il gioco segreto*, *Via dell'Angelo* (tutti e tre del 1937), *Il compagno* (1938) e *Un uomo senza carattere* (1941), ma direi che il fatto accresca anziché diminuire l'interesse del *nuovo* libro, uno dei cui pregi secondari fino a un certo punto consiste proprio, accanto a quello primario della riuscita finale, nella possibilità che esso offre di seguire intero l'itinerario della scrittrice: di cogliere attraverso i vari esempi – in quella seconda lettura in cui ogni lettore piú fino trova sempre il suo maggior diletto – la remota origine, i trapassi, i ritorni, gli scarti, gli scambi, le commistioni, le liberazioni, e magari le stesse lacerazioni (mai però gli sbalzi o le incertezze o le contraddizioni stilistiche: che rifletton sempre contraddizioni di fondo: intima indecisione umana prima che artistica, e malsicura vocazione) di una scrittura che nella coerenza delle pur diverse prove, e dei pur diversi e lontani fra loro tempi di composizione, resta esemplare per la linearità e per il non confondibile timbro, tutta diretta com'è a seguir soltanto il corso della propria naturale evoluzione. Senz'altri modelli o miraggi, si direbbe, all'infuori di quello d'un antico e perduto novellare (comprese le fiabe udite e rimaste sepolte nell'infanzia, e la fluorescenza, che esse, nella memoria piú lontana, lasceranno alla stessa piú concreta realtà), di cui fan da musicale ornato, fino alle ultime pagine, certi attacchi o incisi tipici di quel raccontare; dove lo stesso novellatore, coi suoi posati interventi o commenti («Mi *duole*, ma proprio delle *empietà* di tale specie, né piú né meno, fu capace di pensare là, su quella sedia *usurpata* del Teatro Gloria, colui che...», eccetera), si fa parte in gioco d'un teatro – d'una *fabula* – che sempre presuppone nella sua condotta una cerchia d'ascoltatori attentissimi, pendenti dalle *savie labbra*.

Quasi a secondare il lettore in tale ricerca e scoperta, l'autrice par che abbia voluto di proposito porre per primo un racconto appartenente, com'è detto nella nota, alla sua preistoria (*Il ladro dei lumi*, del '35), e chiudere quindi il volume con un altro della maturità, *Lo scialle andaluso*, coetaneo dell'*Isola di Arturo*.

È proprio *Il ladro dei lumi*, con quella sua lieve brunitura hoffmanniana che si riverbererà poi, piú o meno rarefatta, su tutte le successive prove, a darci la chiave (il sesamo che nessun critico potrà mai spiegare) della porta segreta attraverso la quale la Morante, muovendo dalla realtà piú oggettiva, trascina *d'incanto* il lettore nell'aura profonda, e quasi astorica, della sua poesia: cioè d'una realtà (e si veda ad esempio l'attacco del *Soldato siciliano*, che subito allontana in un tempo remotissimo, quasi favoloso e immemorabile, la pur recentissima cronaca) ancor piú a fondo nell'uomo, e addentro nella sua solitudine, di quella della stessa storia. Un racconto, *Il ladro dei lumi*, che non esitiamo a porre accanto ai piú belli (*Il soldato siciliano*, *Il gioco segreto*, *Via dell'Angelo* e *Lo scialle andaluso*), con quell'apertura e quel finale che potrebbero assurgere, uniti insieme, a insegna della scrittrice: «Sebbene io non abbia ancora vissuto un numero d'anni sufficiente per poterlo credere, sono quasi certa di essere stata io, quella ragazzina [...] E quella ragazzina è sempre là, che interroga spaurita nel suo mondo incomprensibile, sotto l'ombra del giudice, fra i muti».

Mondo le cui dimensioni, come sempre o quasi sempre nella Morante, non sono tanto quelle della società, ma piuttosto, anche se il suo sotterraneo realismo sa cogliere ogni volta cosí bene, e al vero, luoghi e ambienti nella quasi onirica atmosfera in cui spesso sono immersi, quelle della piú fonda e buia natura e degli oscuri legami da essa tramati nel sangue: come, ad esempio, l'amore disperato verso la figlia suicida che spinge il soldato siciliano a cercar la morte in guerra per poter spiegarsi con lei e riprendersela in braccio, o la «gelosia animale» della madre verso il figlio nella *Nonna*, o, ancora, del figlio verso la madre nello *Scialle*, punto d'arrivo, quest'ultimo racconto, d'un'arte consumatissima, dove tutte le parti, da quel grumo, si sono sciolte con una libertà di movimenti, e un'ampiezza di risonanze nella lor perfetta armonia, da costituire un vero gioiello della nostra novecentesca, invero non ricca, novellistica. (E che testimonia comunque di quanta forza sia capace la Morante, scrittrice tipicamente femminile, non si sa bene se in virtú o a dispetto del suo stesso tono spesso quasi «morbosamente romantico», o della sua stessa scrittura larga e sostenuta anche se volentieri «tutta si intenerisce e s'infiora», o del suo medesimo gentile bestiario quasi sempre vezzeggiativo e pur esso favoleggiante – waltdisneyano addirittura, a tratti – che tale scrittura costella con uno struggimento d'amore – «*Tu sei* l'uccella *di mare* [...] *Simile a* fringuella *mattiniera*»... – capace a volte di commuover tanto la parola, da reinventarla perfino con poeticissimi effetti).

GIORGIO CAPRONI

«La Nazione», 22 gennaio 1964.

Indice

Einaudi usa carta certificata PEFC
che garantisce la gestione sostenibile delle risorse forestali

Certificato PEFC
Questo prodotto è realizzato con materia prima da foreste gestite in maniera sostenibile e da fonti controllate
PEFC
PEFC/18-32-03
www.pefc.it

Stampato per conto della Casa editrice Einaudi
presso ELCOGRAF S.p.A. - Stabilimento di Cles (Tn)

C.L 22761

Edizione						Anno			
16	17	18	19	20	21	2023	2024	2025	2026